Sascha Theisen

NACH VORNE!

Lästernde Kiebitze, spielentscheidende Stadionwürste, betrunkene Vorstopper

TORWORT-Geschichten über Fußball

Sascha Theisen

NACH VORNE!

Lästernde Kiebitze, spielentscheidende Stadionwürste, betrunkene Vorstopper

TORWORT-Geschichten über Fußball

VERLAG DIE WERKSTATT

Bibliografische Information der Deutschen Bibliothek:
Die Deutsche Bibliothek verzeichnet diese Publikation in
der Deutschen Nationalbibliografie; detaillierte bibliografische Daten
sind im Internet über http://dnb.ddb.de abrufbar.

Lotzestraße 22a, D-37083 Göttingen
www.werkstatt-verlag.de

Umschlagfoto: Carl Brunn
Satz und Gestaltung: Verlag Die Werkstatt
Druck und Bindung: CPI – Clausen & Bosse, Leck

ISBN 978-3-89533-713-0

Inhalt

Kabinenpredigt

„Nach vorne!“ Eigentlich kenne ich nur zwei Menschen, die diesen Satz rausgehauen haben, als gäbe es kein Morgen mehr: Der eine war mein Trainer in der D-Jugend von Düren 99 und hielt „Nach vorne!“ für ein tragfähiges Konzept, kleinen Jungs das große Spiel näherzubringen. Der andere steht jeden zweiten Sonntag hinter mir im Stadion und brüllt mir den Satz in Orkanstärke direkt in die Ohrmuschel. Wie auch immer – jedenfalls hat sich dieser Satz ordentlich bei mir eingebrannt, und als es darum ging, einen Titel für dieses Buch zu finden, war klar: Der Schinken kann nur „Nach vorne!“ heißen.

Die Fußballlesereihe TORWORT gibt es mittlerweile seit mehr als sechs Jahren. Eine lange Zeit, in der wir Leute kennengelernt haben, die wir besser nie im echten Leben erlebt hätten. Leute, die eigentlich unsere Helden waren, diesen Kredit aber so schnell verspielten wie so mancher WM-Spieler 1982 seine WM-Prämie am legendären Schlucksee. Aber hey – das war es wert! Denn wir haben mindestens zehnmal so viele Leute getroffen, die wirklich grandiose Menschen sind und die uns gezeigt haben: Wir sind nicht die Einzigen, die den Fußball so sehen, wie wir ihn nun mal sehen. Wir haben Leute getroffen, für die Fußball mehr ist als ein Family-Event – Leute, die erotische Beziehungen zu ihrer Stadionuhr aufbauen, die als Kinder Europacup-Auslosungen mit Papierzetteln nachspielten oder die den Fußball so dermaßen ernst nehmen, dass sie mühelos über ihn lachen können. Es ist schön zu wissen, dass es nach wie vor eine ganze Menge solcher Verrückter gibt, und wenn wir den ganzen Kram nur gemacht haben, um euch kennenzulernen, hat sich schon alles gelohnt.

Wir haben Geschichten über Fußball in Köln, Bern, Mönchengladbach, Aachen, Düren, Münster oder Berlin vorgelesen. Jede Lesung war ein Ereignis – egal, ob nun Simon Rolfes, Klaus Fischer, Hans Tilkowski, Erik Meijer oder Joachim Król neben uns am Mikro saßen. Und natürlich krachen wir weiter durch die Republik und wollen Dinge erfahren, die uns vom Hocker hauen und so noch nie in irgendeiner Zeitung gestanden haben. Trotzdem war es an der Zeit, das Beste von dem Zeug, das wir bis dahin gelesen hatten, endlich mal zu sammeln, zu ordnen und zu veröffentlichen. Das haben wir hiermit getan und hoffen, dass es euch gefällt – ob ihr nun schon einmal bei TORWORT wart oder nicht.

Aber nur, damit das klar ist: Das war noch lange nicht alles! Wir sehen uns in der Hammond Bar im Kölner Süden oder bei einem unserer Auswärtsspiele. Ganz bestimmt! Bis dahin: Nach vorne!

Sascha Theisen

Sascha Theisen

Ralle im Nieselregen

Endlich: Die Hitzewelle ist vorbei. Es geht auf den Herbst zu – nasskalter Nieselregen im Stadion, unten ein trostloses 0:0-Gekicke und neben mir mein Freund Ralle. Fußball, wie ich ihn liebe – halt mein Fußball!

Ein Regentropfen läuft seine ultralange Nase runter, ihm ist kalt, er weiß: Morgen ist er erkältet. Ralle ist eigentlich kein richtiger Alemanne, er kennt nicht alle Spielernamen – höchstens fünf bis sechs – und den *kicker* liest er auch nicht, vom *Tivoli-Echo* oder *In der Pratsch* ganz zu schweigen. Aber er ist da und steht neben mir. Er fühlt sich wohl hier, denn irgendwie mag er es, wenn ihm etwas so richtig auf den Sack geht, und nirgendwo kann er das besser ausleben als hier am Tivoli – im Herbst – bei leichtem Nieselregen.

„Da siehst du 'ne Scheiße!" Ein neuer Tropfen läuft seine Nase runter und wölbt sich an deren Spitze. „Die sind doch das Allerletzte! Komm, wir hauen ab!" Natürlich bleibt er da! „Das war das letzte Mal, dass ich zu der Scheiße mitkomme!" Natürlich kommt er wieder mit beim nächsten Mal.

Und egal, wie die Sache ausgeht, ob wir noch einen reinstolpern, verdientermaßen verlieren oder es torlos bleibt: Wenn Ralle vor mir grummelnd nach Hause geht und alle, mit denen wir da waren, sich über seine Mimik bei gebückter Haltung mehr freuen als über irgendeine Aktion in den 90 Minuten zuvor, dann weiß ich: In zwei Wochen bin ich wieder hier mit Ralle: am Tivoli – im Herbst – bei leichtem Nieselregen.

Arne Jens

Pauline

Die Frauen, die ich liebte, hatten eins gemeinsam: Sie lernten meine Begeisterung für den Fußball zwar kennen, aber sie akzeptierten sie nur – so, wie sie meine Ignoranz gegenüber den dünnen Staubschichten auf meinem Bücherregal akzeptierten.

Dann begegnete ich Pauline. Wir waren vier Jahre lang zusammen. Unsere Liebe war eine, die man im Nachhinein zu den großen zählt. Bereits nach sechs Monaten suchten wir uns eine gemeinsame Wohnung, um zusammenzuziehen und nicht mehr auseinanderzugehen.

Der Fußball trat an einem Montagmorgen in unser Leben. Wir hatten ihm vorher kaum Beachtung geschenkt, wir beide zusammen – ich allein natürlich schon.

Ich saß am Frühstückstisch, versunken in den Sportteil des *Kölner Stadt-Anzeigers*, der sich mit den Fußballspielen des Wochenendes beschäftigte.

„Was liest du denn da", fragte Pauline mich.

„Den Sportteil", erwiderte ich in der Hoffnung, dass keine weiteren Fragen folgen würden. An diesem wie an fast jedem anderen Morgen wollte ich mit keinem Menschen auf der Welt über Fußball reden. Lesen klar, reden bitte nein.

„Fußball?", fragte Pauline. „Nein, Dressurreiten", wollte ich erst erwidern, doch ich ersparte mir den dämlichen Kommentar.

„Ja, über das FC-Spiel am Wochenende", brummte ich also.

„Das Spiel hast du doch schon am Samstag in der *Sportschau* gesehen."

Da tauchte es nun also auf wie ein Schiff am Horizont – das Problem, das ich vermeiden wollte. Meine Meinung war gefragt, und jetzt hätte ich eigentlich zugeben müssen, dass mich jede Information über meinen Lieblingsverein interessierte, auch wenn ich sie aus einem Mülleimer hätte herauskramen müssen. Aber dafür wären ausführliche Erklärungen notwendig gewesen. Dafür war ich viel zu faul, zu einfallslos, vielleicht gab es auch gar keine Erklärungen, denn in meinem bisherigen Leben hatte ich noch keine Erklärungen dieser Art gebraucht. Ich beschloss, es auf die harmlose und unschuldige Tour zu probieren:

„Jetzt lese ich halt noch mal einen Artikel über das Spiel."

„Totaler Schwachsinn", meinte Pauline seelenruhig, „was soll denn da drin stehen, was du nicht sowieso schon weißt?"

„Das Spiel wird hier analysiert. Es ist sozusagen eine Interpretation."

„Ach so, du hast das Spiel am Samstag also noch nicht verstanden", lachte sie.

„Doch", knurrte ich und schüttelte den Kopf. Dann versuchte ich ihr mit einem Blick klarzumachen, dass wir die Unterhaltung gern zu irgendeinem anderen Zeitpunkt fortsetzen können – aber nicht jetzt.

Sie sagte nichts mehr, und ich fühlte mich für einen Moment als knapper Punktsieger, doch in Wahrheit hatte ich natürlich eine deutliche Niederlage erlitten. Jegliches Verständnis für das Leben eines Fußballfans war Pauline in diesem Moment verloren gegangen. Sie konnte dank meiner Mithilfe problemlos beschließen, dass es für meine, dass es für diese Art der Liebe zum Fußball keine Argumente gab. Und Pauline mochte keine Dinge, für die es keine Argumente gab.

Wenn ich nun die *Sportschau* guckte, diskutierte Pauline danach mit mir über einen neuen Kinofilm, wenn ich jeden

Morgen zuerst den Sportteil in der Zeitung las, fragte sie ganz beiläufig nach unseren Plänen für den heutigen Abend. Oft ging ich ins Müngersdorfer Stadion, und Pauline begleitete mich nicht ein einziges Mal.

Doch eines Tages konnte ich dann doch einen „fußballerischen Erfolg" in unserem Zusammenleben feiern. Erfolg ist vielleicht zu viel gesagt, es war wohl eher Zufall. Aber Tor ist Tor, auch wenn man nur angeschossen wird.

Diesen kleinen Triumph hatte ich einer Terminverschiebung zu verdanken – und der Tatsache, dass ich Fußball nicht nur liebte, sondern auch spielte. Bisher hatte ich mich mit meiner Hobbymannschaft immer samstags nachmittags getroffen, fast unbemerkt von Pauline, weil sie sich in dieser Zeit immer zum Shoppen in der Stadt aufhielt. Ohne dass ich noch wüsste, wie es dazu kam, legten wir unser „Training" dann eines Tages auf den Sonntag, und auf einmal war Pauline zu Hause, wenn ich vom Fußball nach Hause kam.

Es war ein verregneter Wintersonntag, als meine Jungs und ich auf einem völlig aufgeweichten Boden dem Ball hinterherjagten. Der Schlamm setzte sich auf meinen Beinen fest, der Dreck landete zielsicher in meinem Gesicht und mein weißes Trikot sammelte Schmutzflecken wie kleine Kinder einst Panini-Bilder. Ich fühlte mich großartig, so muss Fußball sein, dachte ich. Mit müden Beinen, aber glücklich radelte ich nach Hause.

Ich hatte meinen Schlüssel vergessen und klingelte. Pauline öffnete die Tür und sah den konsequent verteilten Dreck, der an fast allen Stellen meines Körpers klebte. Sie zog die Stirn in Falten und sagte: „Ach, du Scheiße."

Sie schaute mich dabei missbilligend, aber doch mit einer gewissen Zuneigung an, so als sei ich eine Hose, die ihr eigentlich ganz gut gefällt, die aber einfach nicht richtig sitzt. Dann forderte sie: „Schuhe, Strümpfe, alles aus!"

Für eine Sekunde fühlte ich mich wie ein fünfjähriger Junge, aber ich fühlte mich auch viel zu gut, um Widerworte zu riskieren. Ich begann also, ihre Forderungen Stück für Stück zu erfüllen, und fragte nur noch einmal nach: „Alles aus?“

„Komm schon rein“, sagte sie.

Ich tapste ins Badezimmer und ließ mir eine Wanne mit warmem Wasser ein. Wenige Minuten später gesellte sich Pauline zu mir. „Wie war's?“, fragte sie.

Hoppla, dachte ich. Diese Frage galt doch nicht nur mir, sondern auch ganz allgemein meinem Freund Fußball. Ich lächelte zufrieden und sagte: „Gut.“

„Tore geschossen?“, hakte sie nach.

„Ja“, seufzte ich.

„Wie viele?“

„Drei“, antwortete ich wahrheitsgemäß.

„Hm“, sagte sie und klang ein bisschen ratlos dabei.

Noch konnte und wollte sie die Zahl drei in diesem Zusammenhang nicht einschätzen, aber das sollte sich im Lauf der Zeit ändern. Sonst änderte sich nichts, denn wir hatten eins von den Ritualen erobert, die man nur zu zweit verstehen und lieben lernen kann.

Ich klingelte nun jeden Sonntagnachmittag – auch wenn ich den Schlüssel dabei hatte. Und auch wenn ich von Schmutz und Dreck verschont geblieben war, sagte Pauline jedes Mal: „Schuhe, Strümpfe, alles aus!“ Und dann konnte ich es manchmal kaum erwarten, bis sie mir im Badezimmer die entscheidende Frage stellte: „Wie viele Tore?“

Wenn ich nun kein Tor geschossen hatte, fragte Pauline ungläubig: „Was? Was war denn los?“

Ich zuckte dann nur hilflos mit den Schultern, und sie sagte: „Na, da musst du dich aber beim nächsten Mal mehr anstrengen.“

Ich nickte, fühlte mich wie ein fünfjähriger Junge und furchtbar gut dabei.

Belief sich meine Ausbeute auf einen bis drei Treffer, reagierte Pauline so wie bei unserem „ersten Mal". „Hm", brummte sie, allerdings klang sie nicht mehr ratlos, sondern eher resigniert. So, als sei sie enttäuscht darüber, wie durchschnittlich das Leben manchmal sein kann.

Natürlich versuchte ich ihr zu erklären, dass die Anzahl meiner Tore auch in einem Zusammenhang mit der Anzahl der beteiligten Spieler stand. „Bei einem Spiel acht gegen acht sind vier Tore ganz schön viel, bei drei gegen drei eher wenig", erläuterte ich.

Aber sie schaute mich nur an, als wollte ich eine Begründung dafür finden, dass man einen Artikel über ein Fußballspiel lesen muss, obwohl man es bereits im Fernsehen gesehen hat. Also verzichtete ich auf weitere Versuche, sie von meiner Erklärung zu überzeugen, und an den seltenen Tagen, an denen ich vier oder mehr Tore erzielt hatte, ließ ich mich feiern:

„Wie viele Tore?", fragte Pauline.

„Fünf", sagte ich.

„Uii", staunte Pauline. Dann strich sie mir durchs Haar und gab mir einen Kuss.

Über Jahre hinweg pflegten wir diese Zeremonie, ohne dass wir jemals ihren Ablauf besprachen oder gar in Frage stellten.

Dann traute ich eines Tages meinen Augen nicht. Während ich mit den Jungs den Ball laufen ließ, tauchte Pauline mit ihrem Fahrrad auf unserer Wiese auf. Ich lief schnell zu ihr, ein bisschen ängstlich, weil ich fürchtete, es sei irgendetwas passiert. Doch Pauline sagte nur: „Ich wollte mal zugucken." Ich schaute sie verwundert an und erwiderte mit leichter Skepsis: „Ist gut."

Zurück auf dem Spielfeld überhörte ich die unvermeidlichen Sticheleien meiner Freunde, und ganz nebenbei überkam mich ein Gefühl, als wären rund um unser Spielfeld urplötzlich mindestens 20.000 Zuschauer zu Gast.

Als ich danach mit Pauline nach Hause ging, befand ich mich zwar an ihrer Seite, aber irgendwie auch zwischen den Stühlen. Einerseits überkam mich eine kleine Trauer, weil unser Ritual zumindest an diesem Sonntag nicht mehr das sein konnte, was es sonst immer war. Zugleich spürte ich aber auch eine unbestimmte Hoffnung, dass der Fußball, Pauline und ich nun vielleicht eine ganz andere, neue Stufe der Zusammengehörigkeit erklimmen könnten.

Während ich mir über diese Dinge Gedanken machte, sagte Pauline auf einmal: „Du scheinst ja wirklich ganz gut im Fußball zu sein."

„Früher war ich besser", verkündete ich in aller Bescheidenheit.

Pauline nickte nur, und die Anzahl meiner Tore blieb an diesem Tag ein gut gehütetes Geheimnis von mir.

Pauline hatte keine Geheimnisse, und als wir uns abends am Küchentisch gegenübersaßen, veränderte sie mein Leben – in Sekundenschnelle und mit einem einzigen Satz.

„Ich glaube, wir müssen uns trennen. Ich habe mich in einen anderen verliebt", sagte sie.

Ich starrte trostlos nach draußen, und wie an jenem Montagmorgen mit dem *Kölner Stadt-Anzeiger* vor mir fielen mir wieder keine Argumente gegen ihre ganz spezielle Logik ein. Doch diesmal wusste ich, dass kein ungünstiger Zeitpunkt, sondern die pure Hilflosigkeit der Grund für mein Schweigen war.

Pauline zog zu ihrem neuen Freund nach Berlin und mir brach in den kommenden Wochen das Herz. Am Anfang telefonierten wir noch manchmal, doch schon bald hatten wir einen Zustand völliger Funkstille erreicht.

Zwei Jahre nach unserer Trennung trudelte dann eine Mail von Pauline in meinem Postfach ein. Sie erzählte, dass sie wieder alleine lebe und dass sie sich freuen würde, wieder einmal etwas von mir zu hören, und wenn es nur die Anzahl der Tore sei, die ich beim letzten Fußballspiel geschossen hatte.

Aber ich und meine Jungs, wir spielten gar nicht mehr sonntags, und außerdem lebte ich mittlerweile in einer Wohnung, in der es keine Badewanne gab.

Clemens Herbstmeister

Herbsttag

Die trügerische Leichtigkeit des viel zu langen Sommers ist vorbei. Dichte Wolkenbänder formieren sich über dem Kemnader See und verleihen diesem Oktobertag eine tröstliche Durchschnittlichkeit.

Auf einer kleinen Mauer sitzend beobachte ich, wie sich graue Wolken vor noch grauere schieben. In meinem Blickfeld liegt die Universität wie eine kläglich havarierte Raumstation aus einem Low-Budget-Science-Fiction-Film. So also hatte sich ein Architekt in den Sechzigern die Zukunft vorgestellt. Junge Menschen bevölkern den gigantischen Komplex, laufen scheinbar ziellos durcheinander, auf zahllosen Wegen irgendwohin. Ins Seminar, zur Mensa, in den Fachschaftsraum und zum Asta-Büro. Junge Mädchen auf der Suche nach kaum weniger jungen Dozenten, die Zettel mit kryptischen Formeln wie GB 5/ U3/ 144 in den Händen halten. Wer sein Campus-Bild entromantisieren wollte, musste nur nach Bochum kommen.

Seit gestern bin ich Schwede. Um genauer zu sein, bin ich es bereits seit dem späten Abend des 10. Juli, doch gestern habe ich es zum ersten Mal laut ausgesprochen.

In diesen Tagen hinterließ die bloße Erwähnung, man studiere in Bochum, ein großes Fragezeichen auf der Stirn des Empfängers. Die Reaktion umfasste in der Regel zwei Worte und mitleidiges Grinsen. Mit der gleichen Selbstverständlichkeit der Begriffspaare „Mount Everest – höchster Berg der Welt" oder „Pelé – bester Fußballer aller Zeiten" stand der Superlativ „Uni Bochum – höchste Selbstmordrate" wie in farblosen Waschbeton gemeißelt. Ästhetik und Ambiente – hin oder her. Aber aus trister Umgebung auf das eigene triste Leben zu schließen – das war nicht meine Sache. Und überhaupt: Selbst, wer einen solch tragischen Schluss zieht, der müsste sich doch eigentlich für den Moment seines inszenierten Todes einen netteren Ort suchen. Nein. Selbstmord durch Sturz von GB 4 Strich 13. Das hatte definitiv keine Spur von Glamour. Sterben in Bochum kam also nicht in Frage – leben aber irgendwie auch nicht.

Fast täglich pendelte ich 70 Kilometer entlang der A 40. Zu Hause hatte ich ein funktionierendes Kleinstadt-Umfeld. Ein zentrales Café, eine gute Verkehrsanbindung zum Bökelberg und drei Ex-Freundinnen. Zwar hatte ich mir ein paar WG-Zimmer in Bochum angesehen, zu einem Umzug konnte ich mich aber nie wirklich durchringen. Wurde es in Bochum später, und das wurde es des Öfteren, dann konnte ich in der Regel bei Gianfranco oder Björn übernachten. Am liebsten hätte ich natürlich bei Saskia übernachtet. Aber das stand auf einem anderen Blatt.

***

Anderes Blatt.

Das Wichtigste ist, dass man weiß, wann es Zeit ist, aufzuhören.

Es war keine Eleganz in seinen Bewegungen, er verfügte über kein atemberaubendes Spielverständnis, seine Pässe atmeten nicht, und wenn doch, dann keinen Geist von irgendwas. Wenn er mal welche schlug, dann waren sie schlicht und kurzatmig. Er wurde wegen *einer* einfachen, aber konsequent vorgetragenen Tugend verehrt: Wann immer ihn ein Stürmer schwindelig zu spielen drohte, immer dann, wenn seine Arme und Beine durch den eigenen Strafraum flatterten, wie heutzutage ein Querschläger Jeff Strassers, dann konnte man sich einer Tatsache sicher sein: Vogts' Zähne blieben fest verankert im Schienbein des Gegners. Vielleicht würde man ihn noch heute als Terrier verehren, hätte er den richtigen Zeitpunkt zum Aufhören nicht verpasst.

***

Als ich den Seminarraum im UG des GB 5 betrete, sitzt Saskia schon da. Außer ihrem sind erst vier weitere Stühle besetzt. „Selbstreferentialität im jungen amerikanischen Kino" ist entweder nicht das Topthema oder hier entlarven sich einige Erstsemester durch Unkenntnis des akademischen Viertels. Zwei Gothic-Frauen haben sich im leeren Raum die letzte Sitzreihe gesichert und drehen Kippen für später. Ein koreanischer Student mit opulenter Frisur sitzt breitbeinig Mitte/Mitte und vorn, in Saskias Nähe, beschäftigt sich ein hagerer Typ mit einem Truffaut-Buch, das er umständlich in seiner zu kleinen Aktentasche verstauen will. Er trägt eine graue Jeans und ein verwaschen-schwarzes Jackett aus irgendeiner Polyestermischung. Inszenierte Pseudo-Coolness, denke ich. Er sieht aus, als sei er beim Versuch, in eine Art Leander-Haußmann-Hülle hineinzuwachsen, ungefähr auf dem Stand von Fabian Harloff stehen geblieben. Ausgerechnet er aber durchbricht die peinliche Stille und spricht mich an. An dieser Stelle wünsche ich mir, zu den Leuten zu gehören, die bunte Band-T-Shirts tragen, denn das hätte Harloff die Chance gegeben, so etwas wie „Oh, Pavement" oder wenigstens „Tocotronic? – interessant" zu sagen. Stattdessen trage ich einen schwarzen Rolli, Harloff dreht sich zu mir, grinst und fragt: „Na, auch Dekonstruktivist?" Hier rächt es sich also, dass Kleinstadt-Gymnasien nun mal keine Dekonstruktivismus-LKs anbieten. Klar, ich hatte den Namen Derrida schon mal gehört, aber ob ich einer war oder nicht, das konnte ich beim besten Willen nicht beantworten. Also stammelte ich halblaut: „Ich, ich bin Schwede!"

Harloff sieht mich verwundert an, und nach etwa drei Sekunden lacht der Koreaner laut und verächtlich auf. Ein viel zu exaltiertes, kaltes, fast krankes Lachen. Bis heute bin ich mir nicht im Klaren darüber, ob er mich oder Harloff auslacht. Ich klammere mich an die vage Chance, unbewusst einen mehrfach gebrochen Gag auf Harloffs Kosten gemacht zu haben, aber sicher bin ich mir nicht. Verschämt blicke ich zu Saskia, erkenne aber nicht mehr als ein verhaltenes Lächeln hinter ihrem diagonalen Pony, der sie noch jünger aussehen lässt, als sie sein muss. Die Gothic-Girls drehen weitere Zigaretten…

***

Dallas, Cotton Bowl, 27. Juni 1994

Es ist scheißheiß. Eigentlich war das Ding schon gelaufen nach drei Toren in der ersten Halbzeit. Doch dann kommen die Koreaner noch einmal zurück und verkürzen auf 2:3. Der Terrier muss absichern und bringt Helmer für Effenberg. Der verlässt den Platz. Im Publikum sitzen deutsche Fans. Oder deutsche Touristen, Deutsche jedenfalls, soviel ist sicher. Sie haben Geld bezahlt und pöbeln Effenberg an. Der lässt sich nur ungern anpöbeln, pöbelt aber nicht zurück. Effenberg hat eine Message und die lautet ungefähr: Ihr glaubt also, ihr könntet lustig aus Südhessen nach Texas fliegen, einen klimatisierten Spießer-Jeep mieten, euch mit durchgeschwitzten karierten Hemden auf die Tribüne setzen, die Welle machen und euch wie Superchefs fühlen? Das könnt ihr vergessen, verpisst euch, Freunde der Sonne!

Das Geniale an diesem Moment war, dass Effenberg keine Worte gebrauchte, sondern nicht mehr als eine kleine, dezente Geste, um all diese Gefühle präzise auf den Punkt zu bringen.

***

Das Wichtigste ist, dass man weiß, wann es Zeit ist, aufzuhören:

„Und du bist *echt* Schwede?“, fragt Saskia.

„Nein, das war nur ein blöder Spruch, weil der Typ mich mit Dekonstruktivismus genervt hat“, denke ich und sage: „Ja, Kiruna, ganz im Norden, aber ich lebe in Deutschland, seit ich 15 bin.“

„Und wie war es da so?“, fragt sie.

„Schön“, sage ich, „und … manchmal kalt.“

Natürlich war das ein Fehler, aber man weiß ja nie. Vielleicht war Saskia irgendwie *sverigophil*, wenn es so etwas gibt. Vielleicht wäre das zart aufkeimende Interesse an mir sofort erloschen, hätte ich ihr die Wahrheit gesagt. Und das konnte ich natürlich nicht riskieren.

Wir saßen nun öfter gemeinsam in der Cafete. Manchmal waren wir, wie zufällig, beide schon ein halbes Stündchen früher da als notwendig. Wir sprachen über Schweden, über Filme und über zu große Mengen hässlicher Teppiche in Multiplexkinos. Sie lachte viel und manchmal sah sie mich einfach ein paar Sekunden lang an.

***

Der Terrier unterstrich seine hölzernen Sätze, indem er sie selbst kommentierte. Meistens positiv. An jeden Satz hängte er ein „Ja" an. Es war, als liefe eine Reflexionsmaschine noch einmal über alles, was er von sich gab, und bestätige die Richtigkeit des Gesagten. „Ich habe das mit Egidius Braun besprochen, ja. Wir sind da einer Meinung. Stefan Effenberg fliegt nach Hause, ja."

***

Als Saskia und ich den Seminarraum betreten, performt der Koreaner bereits auf Hochtouren. Wie Gianfranco uns nachher berichtet, hatte er im Rahmen einer Diskussion über Gender im Mainstreamkino beherzt das Wort ergriffen. Nun präsentiert er dem verdutzten Auditorium eine erstaunliche Theorie über die systematische Desexualisierung asiatischer Männer in westlichen Medien. Seinen Argumenten kann man dabei kaum widersprechen. „Nennt mir drei Filme, in denen Asiaten mit Amerikanerinnen, Europäerinnen oder wenigsten mit Schwarzen schlafen." Die Form seines Vortrags gibt Anlass zu leichter Besorgnis. „Ihr wollt uns zu Eunuchen machen, weil ihr Angst habt vor unserer wirtschaftlichen Übermacht." Zwischendurch lachte er ähnlich krank wie damals. Sein etwas zu großer Kopf lief dabei rot an und mehrmals schrie er: „Ihr seid noch immer alle Nazis." Sein Auftritt brachte ihm den politisch und geographisch nicht ganz korrekten Spitznamen „Mystery Train" ein. Immerhin ein halbguter Cineasten-Gag.

***

Natürlich hatte Vogts nicht nur den Tiger, sondern das ganze Team, vielleicht sogar das ganze Land kastriert. Und das gleich auf viele Jahre hin. Es musste nicht mal ein Romario oder Baggio herhalten, um die deutsche Mannschaft nur wenige Maschinen nach Effenberg in die Heimat zu schicken. Yordan Letchkov reichte da völlig aus. Ausgerechnet ein Mann mit der Ausstrahlung des traurigen Clowns aus einem osteuropäischen Wanderzirkus.

***

„Komm, ich zeige dir meine Stadt", sagte ich zu Saskia. Das Ganze klang ein bisschen seltsam vor dem Hintergrund, dass ich nicht mal hier wohnte und erst seit knapp zwei Wochen ein paar Stunden des Tages in Bochum verbrachte. Aber es störte sie nicht.

Ganze freie Nachmittage verbrachte ich nun mit Saskia. Wir liefen lange nebeneinander durch Bochum und ließen die Kortumstraße unsere Champs-Elysées sein. Irgendwann nahm sie fast beiläufig meine Hand und bat mich, etwas Nettes auf Schwedisch zu sagen. Ich druckste ein bisschen herum und behauptete, dass ich mir am Tage des Attentats auf Olof Palme geschworen hatte, nie wieder ein Wort in meiner Muttersprache zu sagen. Stattdessen zeigte ich ihr viele Stellen in der Stadt, an denen die schwedischen Einwanderer in den Zwanzigern ihre Spuren hinterlassen hatten. Die skandinavischen Erker an vielen Gründerzeit-Häusern, das Zacher, das früher mal Café Malmö hieß, und ich erzählte von Göran Kortum, dessen Familie für Schweden das sei, was die Fugger für Deutschland sind. Schließlich krönte ich meinen Monolog mit der Behauptung, selbst die Bochumer U-Bahn sei nach dem schwedischen Entdecker Per Sören Bogestra benannt.

Dieser letzte Satz brach mir das Genick.

Das Wichtigste ist, dass man weiß, wann es Zeit ist, aufzuhören. Saskia stieg in einen Wagen der Bochum-Gelsenkirchener-Straßenbahngesellschaft und fuhr wortlos davon.

***

10. Juli 1994, 23.00 Uhr MEZ.

Noch immer mehr als 30 Grad Celsius. Die Waden in einem Eimer kalten Wassers gekühlt, verfolge ich das Viertelfinale zwischen Schweden und Rumänien, nicht ahnend, dass sich mein Leben in wenigen Minuten ernsthaft ändern wird. Es wird einer der wenigen Momente sein, in dem sich hinter der Fassade Fußball für den Bruchteil einer Sekunde etwas verdichtet. Etwas, das eine Art fundamentale Welterkenntnis ermöglicht. Nach einem Foul an der rumänischen Strafraumgrenze tritt Kenneth Andersson an, einen Freistoß aus circa 18 Metern zu schießen. Als sei im letzten Moment vor der Ballberührung die geplante Flugkurvenoption (lange Ecke, oben) unmöglich geworden, schiebt Andersson den Ball mit scheinbarer Nebensächlichkeit derart platziert sechs bis acht Meter in den freien Raum, dass es für den heraneilenden Tomas Brolin ein Leichtes ist, den konsternierten rumänischen Keeper Florin Prunea zu überwinden. Die Großartigkeit dieser Szene dürften einige Fußballästheten durchaus erkannt haben. An Millionen Fernsehzuschauern ist das Besondere allerdings spurlos vorbeigezogen.

***

Seit mehreren Tagen warte ich ab 12.30 Uhr in der Cafete auf Saskia, aber sie taucht nicht auf. Björn holt sich einen Kaffee, Gianfranco sitzt neben mir. Wir sprechen über Borussias goldenen Oktober, der noch nicht ganz vorbei ist. Seit 1977 haben wir auf vier Siege in Serie warten müssen. Stefan Effenberg und drei Schweden sind die Leistungsträger. Aus dem Augenwinkel beobachte ich, wie sich „Mystery Train“ eine Cola holt. Statt sie an der Kasse zu bezahlen, hält er sie der Kassiererin unter die Nase und lässt sie dann ganz langsam und provozierend fallen. Dann wird es laut. „Mystery Train“ schreit die Kassiererin an: „Das könnte dir jetzt so passen, dass der kleine Schlitzaugenmann hier putzt. Was?“ Ich versuche Gianfranco zurückzuhalten, doch dazu ist es zu spät. „Drehst du jetzt total ab, Train? Was soll die Scheiße?“ „Mystery Train“ dreht sich um und kommt langsam auf Gianfranco zu. Seine Augen leuchten. Mit fester Stimme sagt er: „Ich freue mich auf den Tag, an dem meine Brüder deinem pathetischen Volk die Grenzen aufzeigen werden.“

***

Wenn während einer Fußballübertragung die Klingel läutet, solltest du die Türe öffnen, denn es könnte ein Mädchen sein.

Ich zähle bis drei und öffne, sie steht vor mir und lächelt. Neben ihr eine große Sporttasche. Sie hält mir einen schwedischen Reisepass unter die Nase. Ihren Reisepass. „Komm, ich zeige dir mein Land“, flüstert sie.

Axel Formeseyn

Schlumpfine, die Arbeitsbiene

Na klaro haben wir auch mal Tipp-Kick gespielt. Um genau zu sein: zweimal. Einmal und nie wieder. Viel superer fanden mein bester Freund Oke und ich es Anfang der achtziger Jahre nämlich, mit so kleinen Schlümpfen gegeneinander Fußball zu spielen – Schlumpffußball eben. Der Platz war der Wohnzimmerteppich, das Stadion wurde gebaut aus ???-Kassettenhüllen, die Tore von Papa selber gezimmert – aus so'n büschen Holz und dem (wie wir glaubten) ausrangierten Murmelnetz meiner Schwester Uta. Und neben dem Platz standen die Fans. Das war der ganze Rest an Gummi- und Plastikgetier, den die große Spielkiste im Keller ausspuckte: Tip und Tap, Grobi und Lulatsch, Barbapapa und Barbamama, der rosarote Panther und die blaue Elise, reichlich Playmobil-Männeken und so weiter und so fort: „Ausverkauftes Haus hier heute im Hamburger Volksparkstadion!" Abgerundet wurde das ganze Szenario von ganz und gar nicht jugendfreien Fanplakaten der härtesten Sorte, erstellt aus kleinen Notizzettelchen, einmal in der Mitte geknickt: „Bayern weg, hat kein Zweck!" oder „Fan Club Dragons" oder so.

Die meist zehnminütigen Spiele gingen bei uns niemals 7:5 oder 6:6 aus. Viel zu unrealistisch! Ein grundanständiges 2:1 war uns dagegen genau nach der Mütze! Und immer, wenn ein Tor fiel, wurden von uns (zumindest von dem, dessen Schlümpfe gerade „genetzt" hatten) eigenhändig alle „Fans" auf den Kassettenhüllen durcheinandergewirbelt („Da rasten die Fans aus!") und dazu mit der eigenen Stimme ein Jubelorkan simuliert, der eher einem schlimmen Erbrechen glich denn der Hamburger Westkurve im Spiel gegen

Bayer 05 Uerdingen: „CHHHHHHH!“, dröhnte es durchs Wohnzimmer, bis Mama die Tür aufriss und mit „PSSSSSSSST!“ für „Ruhe im Karton“ sorgte und wir den Orkan leise mit „chhhhhhh“ ausklingen ließen. Die erneute Aufstellung der Fans nahm nach jedem Tor zwar bummelig fünf Minuten in Anspruch, aber egal: Den Spaß war es uns wert! Zumindest einem von uns…

Auf dem Platz, vielmehr dem Teppich, kämpften, grätschten, spielten und drängelten sich nicht weniger als 22 Schlümpfe. Im Gegensatz zur Tipp-Kick'schen Reduktion der Mannschaften auf einen Feldspieler und einen Torwart war beim Schlumpffußball immer Hochbetrieb, genauso wie „in echt“. Hier gab es „Mittelfeldgeplänkel“ en masse, immer wieder „Flügelläufe“, ein ständiges und „heilloses Durcheinander im Strafraum“, an dessen Ende der Ball hängen blieb „in der vielbeinigen Abwehrmauer“. Und wir lachten selbstgefällig und laut in unsere Bäuche rein und fragten uns: „Warum spielt nicht die ganze Welt Schlumpffußball, so geil, wie das ist?!“

Die wichtigste, weil einzige Spielregel ging so: Der Schlumpf, der am nächsten zum Ball stand, war dran. Damit das Spiel reibungslos verlaufen konnte, brauchten Oke und ich also, neben jeweils elf Schlümpfen, nur zwei Dinge: ein Lineal (wegen der einzigen Spielregel, s. o.!) und einen Ball – klaro! Gespielt wurde übrigens nicht mit einem dieser eckigen Tipp-Kick-Dinger, sondern mit einem vernünftigen, ernstzunehmenden Ball, den wir dem HSV-Schlumpf kurzerhand vom Fuß geschnitten hatten. In unserem Spiel sollte der zentimetergenaue Pass in die Tiefe schließlich eine Sache des eigenen Geschicks sein und nicht ein Produkt des „Schwarz-oder-Weiß“-Zufalls! Tipp-Kick war für uns nur Roulette! Reines Glücksspiel! Pah! Wir spielten lieber Schlumpffußball: „Schöner Pass, genau in den Fuß!“

Bevor es aber losgehen konnte, wurde immer heftigst um die Aufstellung gefeilscht: Welcher Schlumpf spielt wo? Und überhaupt: Wer kriegt welche Schlümpfe? Es gehörte schon eine gewaltige Fachkenntnis dazu, ein schlagkräftiges Team auf die weißen Gnubbel-Beine zu stellen! Ganz anders als diese eintönigen, metallischen Tipp-Kick-Figuren waren die Schlümpfe nämlich alle unterschiedlich. Jeder hatte seine Stärken, aber auch Schwächen und Marotten. Einige hatten richtiggehende „Starallüren", wie Oke wusste. Er hatte das Wort ein paar Tage vorher im Fernsehen „mal gehört". Aber auch solche „Paradiesvögel" (wieder Oke!) hatten wir im Griff. Wir ließen uns nicht beirren und teilten mit viel Bedacht jedem Schlumpf, egal ob „Star" oder nicht, eine feste Position auf dem Spielfeld bzw. dem Teppich zu. Und das ging so: Die besonders dicken Schlümpfe, die im günstigsten Fall sogar etwas in den Händen hielten, kamen natürlich ins Tor. Prädestiniert dafür: Der Schlumpf mit dem Nudelholz! „Der ist gut, Axel! Der fischt mit der Keule auch gerne mal einen Schuss aus dem Winkel!" In der Mitte der Verteidigung war dann, ganz wichtig für uns HSV-Maniacs, ein „Jakobs-Typ" gefragt. Oke erstellte ein klares Anforderungsprofil an seine „Nummer 4": „Ich brauch da hinten einen, der so richtig aufräumt! Der auch mal einen Ball kompromisslos aus der Gefahrenzone schlägt, Axel!" Die perfekte Wahl: Torti, der Tortenschlumpf! Der Schlumpf hatte, und hiermit sind wir beim wesentlichen Güteprädikat, neben einer Torte in der Hand auch perfekte „Schaufelfüße", also Beine, die ein sofortiges, kompromissloses „Herausschlagen des Balles aus der Gefahrenzone" ermöglichten, wenn nicht sogar einforderten! Linker Verteidiger war immer eher einer der Schlümpfe, die nicht so gut stehen konnten, oder die, die „so Linksdrall" hatten, wie es Oke nannte. Der Gewichtheberschlumpf zum Beispiel, der hatte nicht so viel drauf, aber zum Abblocken einer Flanke war er dann doch noch zu gebrauchen. Über rechts, schon wichtiger, wurde ein „Kaltz-Typ" händeringend gesucht, einer, der „auch mal Druck ausübt" und „gefällige Flanken" hineinzuschlagen verstand! Torti, den Tortenschlumpf, hatte ich doppelt. Torti also über rechts. Als Kaltz. Würde sicherlich nicht schaden, den Gegner durch die frappierende Ähnlichkeit zwischen „Ausputzer“ und rechtem Verteidiger zusätzlich zu verwirren. Im Mittelpunkt dann die „Arbeitsbienen“: der Geschenkschlumpf und Schlumpfine. Oke gab sich bezüglich Letzterer großzügig: „Och, die Olle kann da ’n büschen rumstehen und fertig!“ Frauen in der Männerdomäne Schlumpffußball? Bei uns auf Nordstrand schon Anfang der Achtziger nicht undenkbar. Ihren Stammplatz hatte „die Olle“ trotzdem nie sicher: „Die hat so komische Füße!“ Schlumpfines Glück: Die Konkurrenz war nicht allzu groß. Sie bestand aus einem Plastikschlumpf aus dem Kaugummiautomat, der nur etwa die Hälfte der Größe der normalen Schlümpfe besaß und von daher immer nur als A-Jugend-Talent („Walter-Laubinger-Typ“, laut Oke) galt, als einer, den man beim Stand von, sagen wir mal, drei bis vier zu null ins kalte Wasser schmeißen konnte. Wie bereits erwähnt gingen unsere Spiele nie „sagen wir mal drei bis vier zu null“ aus. Schlumpfine hatte mehr Glück als Fußballverstand.

Die Regie im Mittelfeld führte so ein Schlumpf mit einem Lexikon in der Hand und einer Brille auf der Nase. Für uns hieß der „Lexi“ und war, logo, der „Felix-Magath-Typ“ schlechthin! Der konnte das Spiel „auch mal lesen, auch mal ruhig machen“ und – besonders super – „den tödlichen Pass“ spielen! Auf diesen lauerten drei Stürmer, schließlich waren wir (2:1-Ergebnisse hin oder her) Verfechter schneidigen Offensivfußballs. Links und rechts außen wirbelten kleinere Schlümpfe: der, der die Zunge rausstreckte (Typ Wolfram Wuttke), den wir nach langem, zähem Überlegen „frecher Schlumpf“ tauften, und der, der eine Blume in der Hand hielt (Typ Lars Bastrup) und einen ebenso verwegenen Namen trug: Blumi. Die zentrale Figur des Spiels, neben dem Magath-Schlumpf: der Mittelstürmer! Oke erwartete Wunderdinge von eben jenem: „Vorne drin brauche ich einen kopfballstarken Spieler! Damit ich auch mal mit hohen Bällen operieren kann!" Die Wahl fiel auf den „Hammerschlumpf", der, oh heilige Einfalt, was in der Hand hielt? Einen Hammer! Der war, wenn man Oke und seinen geilen, weil leidenschaftlichen Kommentaren während des Spiels Glauben schenken durfte, „in jedem Spiel für ein Tor gut", konnte „beidfüßig schießen", war „extrem spurtstark" und bei seinen „gefährlichen Dribblings" zudem „kaum vom Ball zu trennen". Um den Hammerschlumpf rankten sich dann auch jedes Mal längere, fachliche Diskussionen inklusive eines Austauschs überzeugendster Argumente zwischen uns beiden: „Och Mönsch! Du hast den doch schon gestern gehabt!" – „Na, und?" – „Ja, aber trotzdem!" – „Ich hol meine Mutter!" – „Mach doch!" – „Mach ich – echt?!"

Es war die Frage aller Fragen im Schlumpffußball-Kosmos: Welcher Schlumpf spielt für welches Team? Wochen, nein, Monate waren wir damit beschäftigt, ein faires, ausgeklügeltes System der Spielerwahl auszubaldowern, das eine realitätsnahe Vorgehensweise ermöglichte. Schließlich waren wir nicht nur Schlumpffußball-Spieler, sondern auch Schlumpffußball-Manager! Darum entschieden wir uns letztlich für eine Variante, die uns Halbwüchsigen am plausibelsten erschien: „Alle Schlümpfe auf einen Haufen und dann Augen zu, und jeder zieht immer einen Schlumpf. Erst ich einen, dann du..." – „Wieso ‚erst ich einen, dann du einen'?" – „Wieso nicht?" – „Und überhaupt, du schummelst doch!" – „Ich?" – „Ja. Du fühlst immer vorher heimlich, welcher Schlumpf das ist!" – „Mach ich nicht!" – „Machst du doch!" – „Mach ich gar nicht!" – „Hast du aber schon mal!" – „Hab ich noch nie!" – „Hast du doch!" – „Ich hol meine Mutter!" – „Machst du nicht!" – „Mach ich doch!" Und so weiter und so fort... Und der Hammerschlumpf wartete in der Zwischenzeit sehnsüchtig auf „gefällige Flanken"...

Sascha Theisen

Besuch von Onkel Puskás

In Zeiten, in denen Fußball in Wohlfühltempeln mit Kinositzen und Winkelementen stattfindet, ist das heimische Sofa manchmal fast so etwas wie das letzte verbliebene Mahnmal – ein Mahnmal dafür, dass Fußball etwas Einfaches, etwas Anarchisches haben sollte. Einfach dasitzen, dem Spiel wie immer folgen und dabei reden, reden, reden – ohne sich darum zu kümmern, was man sagt.

Seit einiger Zeit besucht mich mein Schwiegervater regelmäßig in meinem Fußballkeller, um die Spitzenspiele der Fußball-Bundesliga mit Beteiligung des FC Bayern zu verfolgen. Das ist mittlerweile tatsächlich ein lieb gewordenes Wochenendritual geworden. Lieb geworden auch deshalb, weil er seit ein paar Spieltagen regelmäßig einen seiner alten Kumpel mitbringt, den mein kleiner Sohn Carl liebevoll Onkel Puskás nennt. Puskás deswegen, weil er mir auf einem dieser unumgänglichen Familienfeste mit einem abendfüllenden Gespräch über die ungarische Legende Ferenc Puskás und dessen Heldentaten für Honvéd Budapest und Real Madrid den Abend gerettet hat. Und sich damit diesen wunderbaren Beinamen sicherte. Manchmal kann das Leben wirklich einfach sein, wenn man weiß, wer Ferenc Puskás war.

Jedenfalls sitzen nun diese beiden Männer schlesischer Abstammung regelmäßig bei mir zu Hause, schenken mir das ein oder andere Gläschen vom mitgebrachten Honigschnaps ein und erklären mir die Welt des runden Leders aus ihrer unverblümten Sicht. Und keine Frage: Das ist großartig! Das ist ganz, ganz großes Kino! Da werden die neuesten Lukas-Podolski-Gerüchte aus erster Hand seziert. Weil beide einst mit dessen altem Herrn zusammenspielten, sind sie natürlich bestens informiert. Sie wissen, wie schlecht es dem armen Jungen dort unten im fernen München geht – da sind auch das viele Geld des armen Poldi und die Villa am Starnberger See keine Argumente mehr. „Was willst du mit all diesen Millionen, wenn in deiner Mannschaft alle nur Dupas sind", lautet ihre einfache, aber einleuchtende Podolski-Theorie. „Dupas" – das ist übrigens ihr Wort für Leute, die wir gelinde gesagt „Hammerwerfer" oder „Ohrfeigengesichter" nennen würden. Natürlich finden vor allem die Konkurrenten Podolskis keine Gnade. Unbarmherzig der Kommentar von Onkel Puskás, als Luca Toni einen Ball verspringen lässt. „Weißt du, Sascha, mein Vater war im Krieg in Italien stationiert, und der hat immer gesagt: Die Italiener – die sind nur zum Bumsen geboren!" Zustimmend nickt mein Schwiegervater beim Anblick von Tonis Großaufnahme im Fernsehen und ergänzt, dass Miro Klose den Ball noch nie lupfen konnte, und macht mit einem Schaumstoffball meines Sohnes nach, wie es richtig geht. Zwar ist der Zusammenhang zwischen dem angeblich naturgegebenen italienischen Hang zum Liebesakt und Kloses fehlendem Spielverständnis nicht unbedingt spontan oder auf den ersten Blick nachvollziehbar, aber vielleicht liegt das auch nur daran, dass es bisher noch niemand in einen Zusammenhang gestellt hat. Ein simultanes „Kurva" – das schlesische Wort für alles, was, na ja, sagen wir: nicht rund läuft – beendet die Stürmerkritik und macht Fragen meinerseits bestenfalls überflüssig. Was soll ich hier auch fragen?

Alles andere als überflüssig sind jedenfalls all die anderen unwiderlegbaren Wahrheiten, die ich an solchen Abenden erfahre und insgeheim ohnehin teile. Niederlagen von Borussia Mönchengladbach werden schon mal der großen Klappe Hans Meyers geschuldet und Onkel Puskás wird nicht müde, zu betonen, dass er Mark van Bommel und Daniel van Buyten mit dem Fuß im eigenen Hinterteil schwindelig spielen würde – diese Dupas. Kurva! Alles Dupas! Unterbrochen werden all diese eindringlichen Kommentare nur von dem ein oder anderen Honigschnaps, der runterläuft wie Öl und seine Wirkung nicht verfehlt. Dass ich nach dem Besuch der beiden regelmäßig einen ausgedehnten Nachmittagsschlaf brauche, sie aber fröhlich mit dem Auto nach Hause fahren, fällt mir immer erst spätabends auf, wenn ich müde das *Aktuelle Sportstudio* verfolge und meine Frau sich telefonisch bei meiner Schwiegermutter beschwert.

Wie auch immer – der Besuch der beiden Herren ist in der Tat ein wirklich schönes Ritual geworden, völlig egal, dass dabei immer die Spiele der Bayern geguckt werden. Im Gegenteil: Ich freue mich sogar auf Leute wie Mark van Bommel, Daniel van Buyten oder Luca Toni, weil ich weiß, dass die bald ordentlich und ungeschminkt was verpasst bekommen – zwar nicht auf dem Rasen, aber in meinem Keller. Von zwei älteren Herren, von denen einer nach einer ungarischen Fußballlegende benannt ist und der andere Miro Klose mit einem Schaumstoffball von IKEA zeigt, wie man das Runde ins Eckige bringt – dort unten in meinem Keller bei einem Gläschen Honigschnaps.

Stefan Reusch

Drei persönliche Anekdoten rund um den Fußballsport

Die erste Geschichte ist mir so nie passiert. Und ich würde sie ungern einer Anekdotensammlung mit dem Titel „Drei persönliche Anekdoten rund um den Fußballsport" hinzugefügt haben, da ich aber nur zwei Anekdoten kenne bzw. mir behalten habe, und das nicht mal richtig, was soll ich tun. Aufgeben? Nein! Zumal die Kraft jener Geschichte den zugegebenen, den offen zugegebenen Mangel mehr als wettmachen kann. Sie muss. Und: Es ist ja eine persönliche Geschichte. Sie ist halt bloß nicht mir passiert! Ich kann ja nicht überall sein!

Die folgende Geschichte ist jemandem passiert. Ich kann nichts für sie, doch das macht mich nicht neidisch, mir ist genug anderes passiert. Ach, ich könnte Geschichten erzählen, einige zum Abschluss bringen, viele mehr noch beginnen, jedoch will ich es bei zwei abgeschlossenen Anekdoten – eigenen! – bewenden lassen. Und bloß Anekdoten. Nichts Protziges.

Die eine – nein, ich wollte ja mit der nicht-persönlichen Anekdote beginnen, aber die Reihenfolge ist egal, mir egal, ich kenne ja alle, auch die nicht-persönliche. Mit ihr werde ich beginnen, zumal und immerhin sie mit Fußball zu tun hat. Nicht direkt zwar – das hat die zweite, die meinetwegen zweite, die hat das. Hätte das.

1. Die erste bzw. die, die ich jetzt, ohne sie als meine auszugeben, was ja auch falsch wäre, erzählen werde, spielt nicht etwa, wie so unnötig viel dieser Tage, in China, sondern im Mutterland des Fußballsports; das ist für die einen – ich weiß – China: Da ritt er, rababerrababer, der einsame Hunne, durch die chinesische Steppe, ein trauriges tsuh-kü tsuh-kü – „mit dem Fuß stoßen, mit dem Fuß stoßen" – rufend, klagend, ausstoßend, ach so irrend ritt er, ritt er? Ja, er ritt... Ich weiß nicht. China ist – so oder so – nicht der Ort der ersten Geschichte. Nein, nein, weit gefehlt, so weit wie der unglückselige Luca Toni, gestern wie eine nasse Rigatoni ... Aber sagt man „weit gefehlt"? Nicht eher „weit verfehlt"? Die erste Anekdote trug sich zu in England, dem Mutterland des Fußballsports, des modernen Fußballsports.

Zu Manchester weilte einst mit einer Gruppe barhäuptiger Männer, es war in den Achtzigern des letzten Jahrhunderts, ein junger Mann, Wolfgang, Anhänger des formidablen Fußballsports. Wie im Übrigen auch all seine Begleiter Anhänger des Fußballsports waren. Und alle kamen sie aus Deutschland. Und sie waren nicht wenig gespannt auf diese Fußballhochburg, denn für nichts anderes durfte Manchester schon damals gelten, vor allem durch United. Manchester City befand sich damals in einem Leistungsknick, der strenggenommen erst in den letzten Jahren endete.

Bleiben wir bei den jungen Männern aus Deutschland. Die Aufregung hatte sie recht tüchtig bei den Ohrwatschen gepackt, als sie wehenden Haares, barhäuptig wie sie waren, in die Vereinskneipe von United gingen. Es war gegen Abend. Fachkenntnisse fügten sich zu Englischkenntnissen, und so geriet man füglich ins Gespräch, scherzte, lärmte und trank Bier eines lokalen Anbieters. Freilich entging den hellhörigen Gastgebern nicht, dass die zunehmend ihre Zurückhaltung verlierenden Gäste wohl kaum im Fußballmutterland aufgewachsen sein konnten. In keinem der Fußballmutterländer. Auch nicht in China. Das sah man ja. Das andere hörte man jedoch. Da kam nun einem schwergewichtigen

ManU-Fan die Idee allgemeiner Verbrüderung, bloß galt es ihm noch, letzte Vorbehalte auszuräumen, Vorbehalte, die Herkunft der Gäste betreffend. Wichtig ist es, darauf hinzuweisen, dass man sich besagten Manchester-United-Anhänger als jemanden vorzustellen hat, der zwar nicht ausschließlich, aber hauptsächlich aggressiv zu wirken verstand. Dies gepaart mit einem gesunden, aber knapp bemessenen Menschenverstand und diese Erscheinung wiederum flankiert von einigen durchaus ähnlich stabilen jungen Menschen, das machte Eindruck auf die jungen Besucher. Da hob der gewichtige Mann an, ich übersetze ihn der Einfachheit halber: „Wir sind Fußballfans", sagte er, „wir alle hier sind Fußballfans." – „We also. Good this is", erwiderte Wolfgang froh. „Und", jetzt wieder der andere, „wir mögen alle Fußballfans. Alle. Bis auf die deutschen. Wo kommt ihr her?"

Finster war's in der Schenke, Furcht griff nach jungen Herzen, hie und da wackelte ein Knie. „We are Holländer", hauchte Wolfgang wortgewaltig. Da zischte es ihm ins Ohr: „D's heißt anders!", und es folgte lauter nun, ein Verbesserungsvorschlag: „We are Netherländer." Wolfgang präzisierte: „From Feyenoord." Da freute sich der üppige Mann aus Manchester sehr, und auch seine Kollegen waren's zufrieden. Zügig ward Bier geordert, ein jedes präzise bis zum Rand hochgezapft, dann verteilt, die Gläser erhoben sich wie von selbst, alle Deutschen verschütteten ein wenig, was soll's, die Stimmung versprach endgültig ins Herzliche zu kippen. Gütlichkeit schwappte schier ins Hochkante, da wurde den Gästen noch eine einzige Frage gestellt: „Was heißt denn bei euch ‚Prost'?" Stille, kurz, dann: Zwei Gläser schwappten über, hörbar über, ein Knie knickte weg, kaum hörbar das, und ManU-Männeraugen verengten sich unhörbar. „Was heißt denn bei euch ‚Prost'?" Da aber kam es wie ein Leuchten aus Wolfgangs schweißfeuchter Stirn, er erhob sein Glas, seine Stimme füllte den Raum mit einem erlogenen, doch herzlichen „Op de Grachten". Und noch mal: „Op de Grachten!" Da war's getan, wie man so sagt, und alle feierten, bis der Morgen graute.

Wochen später sollen, so heißt es, einige niederländische Fans in nämlicher Gaststätte böse verprügelt worden sein, man hatte sie irrtümlich für Deutsche gehalten, aber das gehört nicht hierher, gehört nicht mehr zu dieser Anekdote, dieser persönlichen Anekdote, die ich nicht erlebt habe.

2. Sehr lustig bzw. bedauerlich war die erste Geschichte, die ich nicht erlebt habe bzw. weil ich sie nicht erlebt habe. Aber vielleicht fahre ich ja mal hin. Die zweite Geschichte ist meine, ganz und gar. Keiner hat sie je erzählt oder auch nur für erwähnenswert gehalten. Ich ja auch nicht. Aber mit dem Titel „Drei persönliche Anekdoten rund um den Fußballsport" ist der Zugzwang da, der Ehrgeiz angestachelt, die bürgerliche Enge der mediokren Zahlenwelt – ich sage nur „drei" – als pars pro toto verknöcherten Aufsummierens bewiesen und dennoch nicht abzutun – unwiderlegbar.

Ich war jung, nicht bloß in der Anekdote.

Es begab sich aber zu der Zeit, als ich in der D-Jugend des TuS Diez trainierte, dass ich über ein Jahr lang in der D-Jugend des TuS Diez trainierte, aber nicht einmal an einem Spieltag eingesetzt wurde. Das war zu der Zeit, als Theo Zwanziger im drei Kilometer entfernten Altendiez schon mächtig mit dem Zahn an der Zeit nagte und am Stuhl seines Vorvorgängers sägte, des Neuberger Herrmanns.

Die Pädagogik war seiner- und meinerzeit in Diez nicht auf dem neuestem Stand, aber vorhanden war sie, und so bedachte mich Trainer Beysel mit Aufmerksamkeit dergestalt, dass er mich zu einem Kurs mit dem Thema „Doppelpass für Anfänger" anmeldete, einem Grundkurs also. Mit roten Wangen, geschürzten

Lippen und geschnürten Schuhen traf ich zu Kursbeginn ein. Ich war nicht zu übersehen. Außer mir war keiner da. Der Kursleiter hatte zum Glück auch nicht sehr viel Zeit. Er schaute mich an, ich schaute zu Boden. „Doppelpass für Anfänger", dachten wir beide, „Doppelpass für Anfänger." Der Kursleiter musste bald gehen, ich winkte, das konnte ich gut, er war nicht sehr lang zu sehen, obwohl er eine alte Vespa fuhr, ich winkte einfach weiter. Einen Ball hatte er mir dagelassen. „Ein Fußballer braucht ja einen Ball", hatte er gelacht. Ich war Fußballer. Das konnte jeder sehen, leider nicht an diesem Tag. War ja keiner da. Ich trug ein kurzes blaues Trikothemd mit weißem Kragenspiegel und weißen Bändchen, hatte kurze weiße Hosen und Fußballstutzen an, blau-weiß, außerdem Fußballschuhe „adidas Uwe Seeler", und ich fror. Ich überlegte kurz, zu winken, wieder zu winken. Vielleicht, dass der Kursleiter so wieder in Sichtweite käme. Oder mein Trainer. Ich stellte seufzend einen Fuß auf den Ball, ließ ihn unter den Gummistollen hin und her rollen. Das machte ein perlendes Geräusch, ein bisschen wie mit Käsekanten schnell auf ein Frühstücksbrett hauen. Ich dachte an Käsekanten, ans Abendessen.

Ich hatte aber keinen Hunger. Ich zog die Stutzen hoch, über das Knie, es ging aber nicht, und da ich immer noch mit dem Fuß auf dem Ball war, rutschte ich auf dem Ball aus. Drei Stunden später würde meine Mutter mich ja abholen, drei Stunden später. Ich hatte leider kein Taschentuch dabei. Was soll ich machen, fragte ich mich. Was machte ich, fragt ihr mich. Was hast du denn gemacht, fragte meine Mutter mich, die ganze Zeit lang hier. Das war drei Stunden später. Ich sagte ihr: „Ich hab Schnupfen." „Ja, das sehe ich", sagte meine Mutter und holte ein Taschentuch aus ihrer Manteltasche. Wie immer reckte ich ihr mein Näschen empor, schloss die Augen, erwartete das Wischtuch. „Das kannst du mal schön alleine machen, mein Großer", sagte meine Mutter.

Jetzt hatte ich aber schon „Doppelpass für Anfänger" alleine gemacht. Ich wollte nicht „mein Großer" sein. Ich schlotterte. Ich weiß nur noch, dass es mir im Auto meiner Mutter, einem VW-Käfer, schnell warm wurde, obwohl die Heizung so gut wie gar nicht funktionierte, das Gebläse aber war sehr laut. Später habe ich die Geschichte, da sie mich in einem allzu menschlichen Licht erscheinen lässt, ein bisschen anders enden lassen, beim Erzählen. Wider besseres Wissen. Aber lustiger, als Anekdote, nämlich so: „Was hast du denn gemacht", fragte meine Mutter mich, „die ganze Zeit lang hier?" Da habe ich gesagt, und so endet die zweite Anekdote: „Doppelpass für Anfänger, liebe Mutter, geht alleine nicht, da habe ich mich halt drei Stunden lang selber getunnelt."

Wie es auch immer gewesen sein mag, das Erlebnis entfernte mich für lange Jahre vom Fußballsport, vielleicht war es auch nur die mangelnde Spielpraxis, die uns einander entfremdete, nachher ist man ja nicht immer schlauer. Immerhin habe ich die Geschichte in eine Anekdotensammlung aufgenommen, was hätte ich sonst mit ihr tun sollen? Weiß der Deibel, wie es mit ihr weitergeht, jeder hat ja so Geschichten, die abgeschlossen scheinen, aber wie wird es insgesamt weitergehen? Dereinst? Fragezeichen. Drittens.

3. Die dritte Geschichte ist erneut eine, die mir selbst zugestoßen ist, was sie als persönliche Geschichte qualifiziert. Sag ich nur noch mal, damit hier keiner rummault. Es ist dies eine Geschichte, die mir dieser Argentinier erzählt hat, den jeder kennt, der seinen Namen nicht vergessen hat. Dieser kleine, dicke Argentinier mit den freundlichen Augen, Diego Maradona. Ein Argentinier, wie gesagt. Er nahm Drogen, und vorher war er beruflich sehr stark als Fußballer eingespannt. Es war Maradona, meine ich. Es war ja schließlich auch in einem Maredo-Steakhaus, da lebte er damals, weil er eine Fleischdiät, um von den Drogen runterzukommen, machte, möglicherweise; aber er aß einen großen Salatteller, es ging ihm… Ich weiß es nicht mehr. Ich war so fasziniert von diesem Mann mit seinem längsgestreiften, hellblau-weißen Trikot, das über seinen Bauch spannte, der auf der Maredo-Steakhaus-Tischplatte auflag. Ich glaube, es war Maredo. Und eben Maradona. Die Geschichte war lustig, aber auch voller versteckter Trauer, ich muss auch heute noch verwundert den Kopf schütteln, warum er mir diese Geschichte erzählt hat, ausgerechnet mir, gut, ich habe auch mal Drogen genommen, zwischendurch, warum nicht, auch mal gemischte Salatteller. Sicher, auch ich kann insgesamt auf ein ehemaliges Fußballerdasein zurückschauen, gleich ihm, Maradona, mit Tore schießen und weiten Einwürfen, halt allem Drum und Dran, bloß Doppelpassversuchen gegenüber blieb ich zeitlebens skeptisch, mied sie, wich ihnen scheu aus, was soll's, vorbei ist vorbei, ist ja auch egal, weil: Da war Maradona und da war diese zugleich lustige und traurige Geschichte, die er mir unter dem Siegel der Verschwiegenheit erzählte.

Fritz Eckenga

Wird alles gar nicht gut

Freund Thomas schwante schon länger, dass es bald „gar nicht mehr gut für uns" sein wird. Thomas hatte letztens einen hochprozentigen, runden Geburtstag und muss seitdem „nichts mehr erklären", wie er jedem, der darum nachsucht, höflich erklärt. Die altersweise Sicht auf die zentralen Themen des Daseins lässt ihn zwar nicht seniorenmild und gemütlich, dafür aber angenehm unaufgeregt durchs Leben streifen. Die aus allen Lautsprechern brüllaffenden Terrortruppen vom Kommando Zeitgeist können dem Mann so gut wie nichts anhaben. Er steckt in der stabilsten aller Rüstungen, und die wird immer noch aus einer Legierung von Klugheit und Humor geschmiedet. Es muss also schon „wirklich was Ernsthaftes" vorliegen, wenn von außen etwas auf Thomas einwirkt, das in ihm ein dauerhaftes Rumoren verursacht. Eines, das ihn grübeln, hadern und „erklären" lässt, es werde „gar nicht mehr gut".

Ich diagnostizierte ein vorsaisonales, mentales Formtief. Der Zeitpunkt war äußerst ungewöhnlich. Thomas hat, genau wie ich, schon zahlreiche BVBurnouts schadlos überstanden. Es ist uns beiden bisher immer noch gelungen, in den Sommerpausen das Wirklichkeitsverdrängungspotenzial voll abzurufen. Als Langzeit-Borussiabetroffener geht das gar nicht anders. Nur nach einer vorbildlichen Eigenamnesierung, die die Erinnerung an die zurückliegende Saison komplett auslöscht, kann man der neuen unvoreingenommen optimistisch entgegensehen. Nach dem überragenden 2:1-Testspielsieg des BVB gegen die Unaussprechlichen aus München wäre einem Thomas in Normalform deswegen „völlig klar" gewesen, dass es wie in all den Jahren zuvor „selbstverständlich nur um den Titel" gehen kann. Stattdessen jetzt dieses gebetsmühlenhaft wiederholte „gar nicht mehr gut", tonlos vorgetragen, gesenkten Blickes, so, als lese er den Text vom Boden seines Glases ab, dessen Inhalt laugig vor sich hinschalte.

Es bedurfte der Durchfeuchtungskraft dreier weiterer Pils, um Thomas so weit aus der inneren Versteppung zu spülen, dass er zu weiteren Auskünften in der Lage war. Schon das DFB-Pokalfinale im Mai habe ihn „nichts Gutes" ahnen lassen. Nicht die Niederlage gegen die Unaussprechlichen sei der Grund gewesen, sondern eine „äußerlich recht interessant erscheinende" Mitzuschauerin, die aber leider nicht nur mit zuschauen, sondern auch mit*teilen* wollte. Zu oft, zu durchdringend, zu schmerzhaft habe sie ihm ins Ohr geflext. „Der Christian, der Christian" – gemeint war der damalige Dortmunder Abwehrspieler Wörns – „der Christian ist so süß!" Der Gedanke, dass an Christian Wörns etwas süß ist, war Thomas fremd wie ein noch nicht entdeckter Stamm brasilianischer Ureinwohner. In einer Mischstimmung aus Amüsiert- und Konsterniertheit habe er nachgefragt, was damit denn wohl gemeint sein könne. Wer aber fragt, bekommt Antworten. Diese habe gelautet: „Der hat so süße Strähnchen!"

Bald gehe es nur noch um so was, redete es nun schäumend aus Thomas heraus. Vorhin habe er zwei so Zahnspangen-Teenies aus dem Sauerland gesehen, beide im Bayern-Trikot, die eine mit „Lahm", die andere mit „Schweini" hinten drauf. Kaum noch schön hässliche, o-beinige alte Männer seien am Stadion unterwegs gewesen. Stattdessen überall diese Popstar-Blagen mit Fettrolle und Poldi-Tattoo. Dortmund habe übrigens die meisten Dauerkartennachfragen von „emotional unterversorgten Frauen", die Plätze mit Sicht auf Kloppo haben wollten. Überhaupt sei die ganze Linie vergeigt, diese sogenannte „moderne Entwicklung" im Fußball. Bei Bayern hätten sie jetzt Wellness-Bereiche für die Spieler mit „Lounge-Charakter", also mit Sofas, die schon im Eingang rumstehen, und daneben Buddha-Figuren. Diese Buddha-Nummer sei jetzt sowieso in, wohl wegen dem Dalai Lama, dieser naturtrüben Tasse. Das alles habe doch keinen Sinn mehr, das sei nichts mehr für uns. Es werde gar nicht mehr gut.

Ich sagte: „Mensch, Thomas, reg dich nicht so auf. Du bist jetzt soundso alt, und du musst überhaupt nichts mehr erklären. Ansatzweise hat die Truppe doch heute ganz gut gespielt, oder?" „Ja sicher", schoss es aus Thomas heraus, „nach allem, was ich heute gesehen habe, wäre alles andere als der Titel eine Riesenenttäuschung."

Jens Kirschneck

Frau Zuma, Herr Morris und Herr Ribéry

Neulich empfing ich eine E-Mail von einem gewissen Steve Morris. „Sehr Geehrter", begann die Nachricht, mein Name fiel ihm wohl gerade nicht ein. „Sehr Geehrter", schrieb Morris, „trauriges Morgens empfing ich nicht Ihre Antwort." Dieser Satz hat mich sehr berührt. Warum war der Mann traurig? Weil ich ihm nicht geantwortet hatte? Wieso hatte ich nicht geantwortet? Und worauf überhaupt? Ich kannte ja gar keinen Steve Morris. Dann erst sah ich, dass es sich um eine jener Mitteilungen handelte, in denen irgendwer mit dem Flugzeug abgestürzt ist, der ein Vermögen von mehreren Millionen Dollar hinterlässt, was dann ein Mitarbeiter einer Bank, in diesem Fall Morris, entdeckt, der dann jemanden sucht, also mich, der sich als nächster Angehöriger des Verstorbenen ausgibt, um sich das Geld gemeinsam unter den Nagel zu reißen. In Wahrheit will er nur meine Kontonummer, die er nicht kriegt, weshalb er tatsächlich einen traurigen Morgen haben wird, aber das kann er jetzt noch nicht wissen.

Was das alles mit Fußball zu tun hat? Ich kenne niemanden, der jemals eine solche E-Mail beantwortet hat. Außer den Kollegen Köster von *11Freunde* und mich. Als uns eines Tages eine Gladys Zuma aus Südafrika ein derartiges Vermögen in Aussicht stellte, schrieben wir zurück und fragten, ob sie eine Verwandte von Sibusiso Zuma von Arminia Bielefeld sei. Nur ein kleines Vergnügen an einem schmucklosen Arbeitstag, und nie hätten wir damit gerechnet, eine Antwort von der unterschlagungswilligen Frau Zuma zu erhalten. Die aber kam prompt, und zwar mit Schmackes. Ja, der Kicker sei ihr bekannt. Nein, man sei weder verwandt noch verschwägert. Im Übrigen täte das nichts zur Sache, es ginge hier schließlich um sehr viel Geld, und wir sollten nicht ablenken. Wir dankten Frau Zuma für die Antwort und erklärten, wir hätten kein Interesse an ihrem Geld, wir hätten bereits mehr, als wir ausgeben könnten. Sie hat sich dann nicht mehr gemeldet.

Was das alles mit Fußball zu tun hat? Nichts, wenn man mal davon absieht, dass Steve Morris und Gladys Zuma nicht die einzigen Gauner sind, über die ich in letzter Zeit nachdenken muss. Auch auf dem Fußballplatz gibt es manchen Trickbetrüger. Als ein besonders markantes Beispiel erinnere ich mich an Franck Ribéry, den man zu Recht für einen begnadeten Fußballer hält, der sich aber im Viertelfinale des DFB-Pokals 2007/08 nach dem harmlosen Schubser eines Münchner Löwen das Gesicht haltend am Boden wälzte, als hätte ihm der Übeltäter den Apfel aus dem Auge gerissen. Dass der Kontrahent für diese Aktion des Feldes verwiesen wurde, geht schon in Ordnung, dennoch stellt sich die Frage, warum ein Weltklassemann wie Ribéry so etwas nötig hat. Sein theatralisches Getue verdiente nicht weniger als den Rivaldo-Gedächtnispreis, falls sich noch jemand an diesen brasilianischen B-Schauspieler erinnert, der bei der Weltmeisterschaft 2002 eine schwere Kopfverletzung erlitt, als ihm ein Türke den Ball ans Bein schoss. Vielleicht aber wird Franck Ribéry auch nur jedes Mal, wenn ein bestimmter Nerv seinen Brustkorb stimuliert, von einem schrecklichen Phantomschmerz an seiner riesigen Gesichtsnarbe heimgesucht.

Nachts im Schlaf wollte ich mit Ribéry Kontakt aufnehmen, um die Sache zu klären, doch er sprach nicht mit mir. Stattdessen erschien mir Oliver Kahn und drohte damit, mich zu vermöbeln, bis mir die Äpfel aus den Augen herauskämen. Ich beschloss, lieber aufzuwachen. Und so sei dieser Text als eine Art offener Brief interpretiert: „Trauriges Morgens, sehr geehrter Herr Ribéry, empfing ich nicht Ihre Antwort…“

Sascha Theisen

Die Peule und der Kaiser

I. „FICKEN! UND NUR DER TSV!“ Die Peule stand mitten im Umkleideraum und tat, was er immer tat, wenn wir ein Spiel gewonnen hatten. Er kam vom Sportplatz, der einsam umschlossen von einem hässlichen Industriegebiet im Niemandsland der Kreisliga-Realität lag, in die nach Schweiß und Gras riechende Umkleide und schrie dieses Wort, von dem er maximal wusste, wie man es schrieb. FICKEN! Er streckte dabei die Arme weit in die Höhe und spreizte seine Beine nach links und rechts.

Die Peule war Vorstopper. Kein Mensch, kein Tier – die Nummer vier. Und die Peule war Sohn eines Landwirts – das war ihm Verpflichtung und Ansporn zugleich.

„Stimmt so!“ Der Kaiser gab immer Trinkgeld. Er hielt sich an nicht viele Regeln in seinem Leben – aber ein ordentliches Trinkgeld sollte es schon sein. Das war ihm wichtig – schon immer, so auch heute. Er war gerade Weltmeister geworden, auf der Pressekonferenz hatte er von Deutschen gesprochen, die auf Jahre hinaus unschlagbar sein würden. Ein fragwürdiger Kommentar, aber das war ihm egal. Wie gesagt: Er lebte nicht nach vielen Regeln. Er gab immer ein ordentliches Trinkgeld – aber sonst: Nein – keine Regeln für den Kaiser!

II. Es waren die Zeiten, als Freitagabende noch richtig gut verplant waren, nicht nur einzelne Freitagabende, sondern eigentlich alle. Jeden Freitag trafen wir uns um sieben Uhr abends auf dem Sportplatz des TSV Rosenberg 1911, um dort gemeinsam Fußball zu spielen – jedenfalls war es das, was wir dachten, das wir taten. Wir waren die zweite Mannschaft des TSV und spielten in der dritten Kreisklasse – der untersten Liga, die es gab. Die Erste spielte eine Klasse über uns und bestand überwiegend aus geistigen Hammerwerfern, die wir eigentlich nur müde belächelten. Wir waren unser eigener Mikrokosmos in einem eigentlich noch viel kleineren Mikrokosmos, der sich Rosenberg nannte und das wohl bis heute noch tut.

Freitagabende waren eine echte Konstante in unserem Leben – eine Konstante, der man mit dem Abstand der Jahre heute fast romantische Züge abgewinnen kann. Wir begannen unser Wochenende mit dem unverwechselbaren Duft nach Gras, auf dem krumm gezogene Kreidelinien für so etwas wie Sicherheit in unseren Leben sorgten. Linien, die einen langen Weg bis zur Eckfahne nahmen, um dort einen kleinen raffinierten Halbkreis zu hinterlassen und weiter zu ziehen zur nächsten Ecke, die nur auf sie wartete, um einen weiteren Halbkreis zu empfangen. Es ging etwas Beruhigendes davon aus. Etwas Kreidiges, etwas Linientreues, etwas Ankommendes eben. In diesem Ambiente trainierten wir etwas, was wir nicht konnten und nie lernten: Fußball.

Eigentlich aber war all das nicht mehr als der Prolog für das, was nachher kam. Klar – es ging immer mächtig zur Sache auf dem Fußballplatz, den wir nicht nur freitags, sondern eben auch sonntags morgens um elf gegen Mannschaften wie Hellas Embken 3 oder die Zweite von Viktoria Mertesheim bespielen mussten. Aber darum ging es nie wirklich. Denn: Diese Spiele waren freitags um sieben meilenweit entfernt. Stattdessen saßen wir in verschwitzten Klamotten in der Umkleide und leerten langsam, aber sicher den dortigen Kühlschrank, der in erster Linie mit 0,33-Liter-Flaschen Bitburger Pils gefüllt war. „Bist du am Start?“, war die meistgestellte und alles bewegende Frage, die es richtig zu beantworten galt. Kein Zweifel: Am Start zu sein war das Ding, war unsere Antwort auf das Leben. Zugegeben: Primitiv, aber sie funktionierte. Es fühlte sich verdammt gut an, eine derart prächtige Antwort jede Woche in die Welt zu wuchten. Unser Ablauf stand: Bis halb elf saßen wir in der Umkleide, tranken Bier, duschten, tranken Bier, riefen ein Taxi, tranken Bier und fuhren ins nahe gelegene Düren, um dort in zwei bis drei Kneipen sowie in einem Laden namens DIE FABRIK – ein zur Disko umfunktioniertes ehemaliges Betriebsgelände – Bier zu trinken. „Alkohol ist meine Antwort auf gar nichts!", sagt Mickey Rourke in *Barfly*.

III. „Bist du am Start?", fragte mich Henning an diesem Freitagabend. Henning war einer meiner besten Freunde damals und ist es bis heute. Er grinste, als er mich das fragte. „Klar bin ich am Start. Bist du am Start?" Henning lächelte. „Alaska", sagte er und wedelte mit dem gleichnamigen Duschgel der Marke Axe, das er sich nur für diesen einen Moment gekauft hatte. Die Frage folgte noch vier-, fünfmal in sämtliche Richtungen und wurde mit einem ähnlichen Ritus beantwortet, womit klar war: Auch heute sollten wir genügend Leute sein, die mit einer ordentlichen Portion Planungssicherheit in den Freitagabend und den darauffolgenden Samstagmorgen gingen. Grund genug, eine neue Runde Bitburger aus dem Kühlschrank zu holen, diese auf dem Zettel, der am Kühlschrank klebte, per Bleistiftstrich zu bestätigen und sich zuzuprosten.

Ein Detail war an diesem Freitag allerdings anders – eigentlich waren es zwei. Das erste war gleichermaßen schön und gefährlich – wenigstens für mich. Antje Borbeck hatte ihren Besuch in der FABRIK angekündigt. Antje Borbeck war *das* Mädchen, war *die* Frau, von der ich fest glaubte, schon immer auf sie gewartet zu. Ich glaubte so ehrlich und so unschuldig wie ein Mann aus dem rechten Mittelfeld der zweiten Mannschaft des TSV Rosenberg dies nur konnte, dass ich sie liebte, dass ich sie wirklich liebte. Antje Borbeck hatte mir schon immer den Atem geraubt mit ihrer fast magischen Erscheinung, den großartigen blonden Haaren, die sie meist offen bis runter zur Taille trug, und den betörenden grünen Augen, in denen man so elend versinken konnte. Meist hatte sie eine dunkelbraune, abgenutzte Lederjacke zu ausgetragenen Jeans an und sah dabei trotzdem so edel aus, dass mir regelrecht die Sinne schwanden. Ich war schon während der Schulzeit in sie verliebt gewesen. Dort hatte ich sie aber meist nur von weitem beobachtet, ohne jemals den Mut bewiesen zu haben, sie auch nur anzusprechen. Einmal hatte sie mich auf dem Schulparkplatz lächelnd gegrüßt, was ich gleich zum Anlass genommen hatte, mir in Dürens einzigem Copyshop ein T-Shirt mit der Aufschrift „Ich habe Matchball bei Antje Borbeck" drucken zu lassen. Klar, dass ich es nie anzog.

Jedenfalls wurde dieses lächelnde Begrüßen in der Schule zu unserem ganz eigenen Ritual – jeden Morgen, die ganze Oberstufe hindurch. Leider kamen wir nie über diesen Status hinaus, und nach dem Abi verloren wir uns aus den Augen. Mittlerweile studierte Antje Borbeck weit weg in München, während ich vor allem deshalb in Aachen wohnte und studierte, um die Heimspiele von Alemannia nicht zu verpassen. Aber all das – die Entfernung, die Grüße vom Schulhof und Alemannia – all das war heute weit weg. Denn Antje Borbeck war noch einmal in der Stadt – vielleicht ein allerletztes Mal. Ich wusste das, weil Henning mir davon erzählt hatte. „Also, Sportsfreund – trink heute Abend nicht so viel!", riet er mir mit staatsmännischer Geste. Er kam mir echt bescheuert dabei vor, da er selbst das dritte Bitburger innerhalb einer halben Stunde aus dem Kühlschrank holte, es auf dem Zettel am Kühlschrank quittierte, mir gleich eins mitbrachte und kommentarlos entgegenstreckte.

Das andere Detail des Freitags war mindestens ebenso überraschend und wäre ohne Antje Borbeck auch aufregend gewesen. Auf eine der in die Runde geworfenen „Bist du am Start"-Fragen hatte heute jemand mit „FICKEN! UND NUR DER TSV! ICH BIN AM START!" geantwortet. Georg Pocken, genannt Peul, weil schon sein Vater – der Landwirt – so genannt wurde. Wir nannten ihn „die Peule", weil wir fanden, das traf es noch besser, und außerdem sollte er ja nicht so wie sein alter Herr heißen. Nein – die Peule hatte seinen eigenen Namen verdient.

Die Peule kam aus der Dorfjugend in Rosenberg und spielte nur bei uns, weil die Erste ihn nicht wollte. Was verständlich war, denn die Peule führte ein ausschweifendes Leben. Was wiederum bedeutete: Er war kontinuierlich betrunken. Ich kannte ihn eigentlich nur voll. Einmal, als wir vor dem Spiel gegen Straß zu wenig Leute waren, holte ihn der Trainer direkt aus der Rosenberger Dorfkneipe „Bei Inge", wo er seit dem Abend davor ununterbrochen gebechert hatte. Sturzbetrunken kam er mit, zog sich das Trikot mit der Rückennummer vier nach vorne – also falsch herum – an, fiel in der Umkleide um, stand wieder auf und spielte anschließend 90 Minuten lang einen passablen Vorstopper. Ein anderes Mal, als unsere Weihnachtsfeier anstand und ich mit Henning eine halbe Stunde nach dem vereinbarten Termin im Vereinsheim ankam, übergab sich die Peule gerade fröhlich auf dem Fußballplatz neben dem Vereinsheim – natürlich nicht, ohne die rechte Hand in den Himmel zu strecken und uns damit zu zeigen, dass er unser Kommen registriert hatte und sich auf den bevorstehenden Abend freute. Kein Zweifel: Die Peule machte keine Gefangenen.

Wie auch immer – jedenfalls gab uns die Peule an diesem Freitag deutlich zu verstehen, dass er bei der bevorstehenden Runde mit von der Partie sein würde. „FICKEN! UND NUR DER

TSV!“, rief er ein zweites Mal und fand, dass damit eigentlich alles gesagt sei. Und irgendwie war es das ja auch.

Grundsätzlich wäre mir das auch egal gewesen, hätte es doch an jedem anderen Freitagabend bedeutet, dass wilde und gefährliche Dinge passieren würden, die uns mindestens zum Lachen brächten – ja, von denen wir mit etwas Glück noch lange in der Umkleide nach den Trainingseinheiten gesprochen hätten. An diesem Freitag jedoch bedeutete es: Antje Borbeck sollte ihr Studium im weltoffenen München nicht nur unterbrechen, um mich wiederzusehen, sondern sie sollte – wenn sie Pech hatte – auch die Peule kennenlernen. Ich mochte diesen Gedanken nicht, denn ich wusste nicht, wie sie mit Peules Wortschatz klarkommen würde. Henning holte derweil das fünfte Bitburger aus dem Kühlschrank, der zusehends leerer wurde.

IV. Antje Borbeck stand an der Tanzfläche, und ich konnte sie von weitem beobachten. Sie war in der Tat noch schöner geworden, und diese alte Lederjacke trug sie mittlerweile mit noch mehr Anmut und noch mehr Grazie. Bobby Charlton hat mal gesagt, er hätte nach Franz Beckenbauer nie mehr einen Spieler von dieser Eleganz gesehen. In diesem Moment dachte ich an diesen Spruch. Ja – Antje Borbeck war so etwas wie der Kaiser der FABRIK. Und ich war sicher, wenn ich ihr einen Ball zu geworfen hätte, sie hätte ihn mit ihrer anbetungswürdigen Brust gestoppt und ihn mir mit dem Außenrist zurückgespielt.

Jedenfalls sah sie mich und lächelte – so, wie sie das schon immer getan hatte, damals in der Oberstufe. Und dann passierte alles in einer Art Trance. Noch eh ich mich versah, saßen wir nebeneinander auf der Treppe, die zur Tanzfläche führte und sprachen über unsere Leben. Und das Beste war: Ich hielt mich verdammt gut.

„München ist so großartig", sagte sie. „Weltoffen – gar nicht so konservativ, wie man immer liest. Einfach nur gut." Dann trank sie aus ihrer Becks-Flasche – gerade so, wie der Kaiser einst einen Ball gestreichelt hatte. Klar – ich hätte jetzt auf Sperrzeiten in Münchener Diskotheken, auf ganze Generationen von Münchener Schickimicki-Gestalten, auf Leute wie Karl-Heinz Rummenigge, Oliver Kahn oder Walter Sedlmayr hinweisen können. Ich tat es nicht – natürlich tat ich es nicht.

„Ja – das passt. Also, ich meine München und du. Vor allem, was Großartigkeit angeht. Ihr gehört irgendwie zusammen. Großartigkeit und du. Das ist Schicksal, denke ich. Schön, dass du einen Platz gefunden hast, den du verdienst. Ich wüsste niemanden, der es mehr verdient hätte als du." Dann guckte ich ihr tief in die Augen. Antje stutzte. JA! Das war eine perfekte Antwort. Wenn ich je für einen Satz gelebt hatte, dann für diesen. Ich hatte das Gespräch im Griff, und mein Selbstvertrauen wuchs mit jedem einzelnen Augenblick. Heute war mein Abend, irgendwie spürte ich das, und wenn Antje der Kaiser war, dann – das war klar – war ich mehr als bereit, ihr Katsche zu sein. Vielleicht sogar mehr als das. Und ich war kurz davor, den Durchbruch zu schaffen. Das Comeback sozusagen. Den Moment, der einen grandiosen Abend historisch machen würde. „Danke! Das ist lieb von dir", sagte sie und lächelte verlegen. „Ganz perfekt ist es aber noch nicht."

Okay – das war´s. Ich war genau da, wo ich seit Jahren sein wollte. Jetzt konnten es nur noch Augenblicke sein. „Du fehlst!" Ja – ich fehlte. „Deutschland wird auf Jahre hinaus unschlagbar sein", hatte der Kaiser nach dem WM-Finale 1990 gesagt. Und jetzt – Jahre später – verstand ich, was er damit gemeint hatte. Klar – die ständigen Gedanken an Franz Beckenbauer in diesem einzigartigen Moment waren ein bisschen verrückt, aber irgendwie beruhigte es mich, dass er ständig in meinem Hirn war. „Der Franz macht immer alles richtig. Der gibt jedem Kellner immer mindestens 50 Euro Trinkgeld. Immer!", hatte mein Vater mir mal erzählt. Das beruhigte mich. Alles machte irgendwie Sinn – solange der Kaiser bei mir war. Der Kaiser war da, Antje Borbeck war da, und ich war besser denn je – das machte Sinn – definitiv.

Ich fühlte mich wie auf einem einsamen Spaziergang durch das Olympiastadion in Rom. Eins mit dem Rasen, mit diesem einzigartigen Moment, der mich größer machte als alles, was ich bisher erlebt hatte. Antje war Andi Brehmes Elfmeter gegen Argentinien, und ich war es, der die Fäden in der Hand hielt. Phantastisch, dieses Gefühl. Ja – das machte alles Sinn – so viel Sinn!

„Wenn jetzt noch die Spieler aus Ostdeutschland dazukommen", sagte ich laut und mit fester Stimme. „Was?", antwortete Antje, und schnell – viel zu schnell – war ich wieder in der FABRIK, auf der Treppe und ein kleines Stück bedeutungsloser – wenn auch nur ein kleines Stück. Denn sie war ja immer noch da, neben mir und so schön, wie sie immer gewesen war. Ich beruhigte mich wieder. Doch dann passierte es: Der Kaiser mit der Rückennummer fünf verschwand. Die Vier kam ins Spiel.

„FICKEN! UND NUR DER TSV!" Die Peule stand vor uns, schwankte bedenklich und hielt mir ein Bier vor die Nase, das ich ihm schnell abnahm, damit er genauso schnell wieder ging. Er tat es nicht. Stattdessen sagte er laut und deutlich: „THEISEN, DEINE ALTE? ALTER!" Nicht nur, dass die Alliteration von „Alte" und „Alter" ziemlich daneben war. Nein – die Peule ging und ließ mich mit einem unlösbaren Problem allein. Allein mit niemand Geringerem als Antje Borbeck. Plötzlich war ich der Kaiser an dem Tag, als er seiner Frau von seinem Malheur auf der Betriebsweihnachtsfeier des FC Bayern erzählen musste.

„Wer war *das* denn?", fragte Antje. „Und was für Spieler aus Ostdeutschland? Bist du betrunken?" Gleich drei Fragen auf einmal. „Äh – der ist Vorstopper!“, antwortete ich vielleicht etwas zu schnell und hoffte, wieder auf den Rasen nach Rom zurückzudürfen. „Spielst du da immer noch? In Rosenberg?“ „Äh – ja. Und der Typ da, der ist unser Vorstopper. Kein Mensch, kein Tier – die Nummer vier. Und wir steigen vielleicht auf dieses Jahr. Denn wir haben ein paar Neue, die kommen aus Ostdeutschland. Und weil wir übermorgen spielen, trinke ich heute auch nicht so viel“, versuchte ich mich an einer Antwort auf drei Fragen auf einmal. Vermutlich hätte ich nicht gleich danach einen großen Schluck aus meinem Bier nehmen sollen, tat es aber trotzdem und legte nach: „Vielleicht hast du ja Lust, übermorgen vorbeizukommen. Wir spielen gegen Hellas Embken, und wenn wir gewinnen, dann sind wir ganz vorne dabei, weißt du.“ „Ja, vielleicht mache ich das“, antwortete sie, stand auf und ging. Kein Kuss, keine Berührung, nur eine flüchtiges Streifen ihrer Lederjacke an meiner Hand. Sie stand auf und ging. Der Kaiser war weg, und Antje Borbeck hatte er mitgenommen.

V. „FICKEN! UND NUR DER TSV!“ Die Peule betrat die Umkleidekabine, in der wir auf die Ansprache des Trainers warteten, die uns auf das Spiel gegen Hellas vorbereiten sollte. Er setzte sich, sah völlig verhunzt aus, rülpste und erfuhr vom Trainer, dass er sich das Trikot mit der Vier nehmen solle. Die weitere Ansprache fiel mager aus: „Wir spielen zu Hause. Holt die drei Punkte und lasst euch von den Gyros-Wichsern bloß nicht provozieren!“ Eine selten bescheuerte Ansprache. Denn wie sollte das Spiel friedlich über die Bühne gehen, wenn unser Trainer den Gegner schon als „Gyros-Wichser“ bezeichnete? Aber das war mir an diesem Vormittag völlig egal. Den ganzen Samstag hatte ich mit meinen Kopfschmerzen gekämpft und mich gefragt, ob Antje Borbeck tatsächlich den Weg zum Sportplatz finden würde.

Bisher war sie nicht gekommen. Als wir raus zum Warmlaufen gingen, standen nur die üblichen Dorftrinker am Spielfeldrand, die unser Spiel dazu nutzten, zu Hause einen Grund für den Frühschoppen angeben zu können. Das Spiel begann. Die Peule spielte Vorstopper und verbiss sich fortan in den Mittelstürmer von Hellas, der schon bald verzweifelt resignierte. Ich spielte gegen einen kleinen dicken Mann, der ungefähr Ende dreißig war und schon einen gewaltigen Bierbauch vor sich hertrug. Wir neutralisierten uns gegenseitig. Eine stillschweigende Vereinbarung, so dass uns anschließend niemand einen Vorwurf machen konnte. Nach 80 Minuten wurde ich ausgewechselt, woraufhin der kleine dicke Mann prompt ein Tor schoss. Hellas gewann das Spiel 1:0 und stieg auf. Antje Borbeck war nicht gekommen.

Als ich nach dem Spiel nach Hause kam, lag eine Karte von ihr auf dem Küchentisch. Darauf stand: „Weißt du, Fußball ist nichts für mich. Aber komm doch mal nach München. Dann machen wir vielleicht da weiter, wo wir in der Fabrik aufgehört haben. Das wäre schön! Antje".

Der Kaiser spielte den Ball am liebsten mit dem Außenrist. Und in Restaurants gibt er immer mindestens 50 Euro Trinkgeld, pflegt mein Vater zu sagen. Die Peule war ein passabler Vorstopper – vor allem dann, wenn er getrunken hatte. Und ich – ich fuhr nie nach München.

Peter Balzli

Stimmung einfangen! In Brasilien!

Der folgende Text beschreibt meine Erfahrungen als Sonderkorrespondent des Schweizer Fernsehens in Brasilien während der Fußball-WM im Juni 2006 in Deutschland.

Natürlich wollten wir unsere Live-Schaltung ins WM-Studio in der Innenstadt von Salvador da Bahia machen, im weltberühmten Pelhourinho. Dieses Quartier war so festlich gelb-grün dekoriert wie wohl nie zuvor. Aber leider hatte sich dort TV Globo, der größte TV-Sender Brasiliens, exklusive Dreherlaubnis verschafft. Wir durften mit unserer Kamera nicht rein. Also suchten wir trotz Zeitnot aufwendig einen anderen Standort. Wir fanden ihn draußen im Quartier Ribeira am alten Fischerhafen. Ein toller Ort. Sehr authentisch.

Wir hatten am Vortag alles besichtigt. Dutzende von Restaurants hatten draußen auf der Straße Tische, Stühle und Großbildschirme aufgebaut. Hunderte von Sitzplätzen für das erste WM-Spiel Brasiliens gegen Kroatien. Alles sah nach einem Riesenfest aus. Wir entschieden uns für eine besonders malerische Bar unten am großen Platz, 50 Meter vom Strand entfernt. Der gutgelaunte Besitzer versicherte uns wortreich, seine Bar sei bei jedem Länderspiel zum Platzen voll.

Die Redaktion des Schweizer Fernsehens in Zürich verlangte von uns einen kleinen Einspieler, zwei bis drei Minuten über ein exotisches Fußballthema. Wir suchten deshalb eine Macumba-

Priesterin, eine sogenannte Mãe-de-Santo. Sie würde für uns ihre weißen Ritualmuscheln werfen und daraus die Fußballzukunft voraussagen. Wir fanden Mai Carmen in ihrem Terreiro etwa eine Stunde Autofahrt entfernt in einem Vorort, in den ich mich alleine nie und nimmer getraut hätte. Doch der brasilianische Kameramann versicherte mir, er kenne das Quartier und es sei überhaupt nicht gefährlich, außer vielleicht, wenn man dort abends oder nachts eine Autopanne hätte. Fabio, mein Übersetzer und Organisator, verabredete sich mit der Wahrsagerin – natürlich für den Abend. Wir fuhren hin in seinem Auto, das wenige Tage zuvor wegen einer Panne stehengeblieben war. Diesmal hielt es durch.

Die Macumba-Priesterin hieß uns, umgerechnet 40 Euro zu bezahlen. Ich fand, so viel dürfe die Zukunft durchaus kosten. Ich bezahlte, dann führte sie uns mit unserer Kamera in einen angeblich geweihten und streng riechenden Raum. Mai Carmen warf mit beschwörenden Formeln ihre weißen Muscheln, die sogenannten Buzios. Aus der Lage der Muscheln las sie dann vor laufender Kamera heraus, dass Ronaldo in schlechter Form sei. Das hatten normale Fußballfans auch schon herausgefunden, ohne Muscheln zu werfen. Doch die Priesterin sah auch voraus: Brasilien werde große Probleme bekommen, aber trotzdem Weltmeister werden. Dann sah sie in den Muscheln auch noch, dass die Schweiz bei dieser WM erfolgreich spielen, aber *nicht* Weltmeister werden würde.

Wir verabschiedeten uns und fuhren durch die dunkle Nacht nach Hause. Unser Cutter Gedilson schnitt mir noch am gleichen Abend die besten Bilder zu zwei schönen Sequenzen zusammen und erklärte mir, wie kinderleicht es sein werde, diese Sequenzen morgen von der Festplatte auf eine Kassette rauszuspielen, um sie dann – während der Live-Schaltung – in die Schweiz zu senden. Ich war zufrieden mit mir und der Welt.

Am nächsten Morgen fuhren wir los, um unten am Fischerhafen unseren Übertragungswagen einzurichten. Es schüttete wie aus Kübeln. Meine Hoffnung, dass es sich nur um einen kurzen Platzregen handelte, ertrank bis zum Abend. Zahlreiche Straßen waren so überschwemmt, dass viele Busse nicht mehr durchfahren konnten. In einem dieser Busse blieb unser Cutter Gedilson stecken. Es regnete immer weiter. Die Straßen blieben leer. In der malerischen Bar, in der wir unsere Schaltung geplant hatten, saß eine Stunde vor dem Match genau *eine* einzige Person.

Unsere erste von zwei Live-Schaltungen war eine halbe Stunde vor dem Match geplant. Von brasilianischer Stimmung war weit und breit nichts zu sehen. Nun hatte mich die Sportredaktion also rund 9.000 Kilometer weit ausgesandt, um tropische Samba-Stimmung in die Heimat zu schicken, und ich stand buchstäblich im Regen. Es wurde hektisch, aber wir schafften es dank einer Kabelrolle noch, unsere Kamera von der leeren Beiz runter an den Strand zu verlegen, wo sich etwa ein Dutzend Leute unter Sonnenschirmen vor einem alten Fernseher eingerichtet hatte. Daneben kochte eine alte Frau in einem großen Topf Feijoada, ein Bohnengericht. Flavia, eine Bekannte von Fabio, versuchte vergeblich, spielende Kinder in die Strandbar zu treiben, um dort die Kulisse für meinen Auftritt zu beleben.

Im Übertragungswagen warteten die zwei Bildsequenzen mit der Wahrsagerin auf einer Festplatte. Fabio arbeitete fieberhaft, um diese auf eine Kassette rauszuspielen. Es funktionierte nicht. Der Cutter, der wusste, wie das gemacht wird, saß irgendwo in einem Bus im Stau.

Drei Minuten vor der Schalte ließ mir Fabio beiläufig mitteilen, es gäbe keine Einspieler. Ich informierte die Bier trinkenden Brasilianer unter ihren zu Regenschirmen umgewandelten Sonnenschirmen noch kurz, wer wir seien und was wir wollten. Irgendwann rief mich jemand aus Zürich auf meinem Handy an und teilte mir mit, ich sei in zwei Minuten auf Sendung. Mein Puls war etwa so hoch wie jener von Zidane vor dem Kopfstoß gegen Materrazzi.

Als wäre das alles nicht schon schlimm genug gewesen, hörte ich auf einmal auf meinem Handy statt der Fragen des Moderators in Zürich nur noch ein wildes Rauschen. Als das Rauschen aufhörte, begann ich mich so zu benehmen, als wäre ich auf Sendung. Ich befragte in meinem mehr als holprigen Straßen-Portugiesisch drei der Bier trinkenden und Bohnen essenden Fußballfans unter den Sonnenschirmen. Sie antworteten höflich, prognostizierten alle einen klaren Sieg für Brasilien und gaben sich – mir zuliebe – alle Mühe, dabei fröhlich zu wirken.

Ich machte eine kurze Pause. Wir hatten ja die Fragen telefonisch vorbesprochen. Ich wusste: Falls ich auf Sendung war, folgten jetzt weitere zwei Fragen über die Wahrsagerin. Aber ich hatte keine Einspieler. Statt einer Frage hörte ich wieder dieses wilde Rauschen in meinem Handy. Ob das wohl der Moderator ist, der da so rauscht, fragte ich mich. Meine Verzweiflung wuchs. Als das Rauschen abermals aufhörte, begann ich, wortreich und unkoordiniert von der Wahrsagerin zu erzählen. Als mir nichts mehr einfiel, sagte ich hastig: Das war's erst mal aus Brasilien. Und dann den Satz, denn ich schon so oft gehört, aber noch nie selber gesagt hatte: Und jetzt zurück nach Zürich.

Ich wischte mir den Schweiß ab und setzte mich. Noch immer war ich nicht sicher, ob ich überhaupt auf Sendung gewesen war. Schließlich rief ein junger Redakteur aus Zürich an und erklärte mir, das sei nun aber gar nicht das gewesen, was wir abgemacht hätten. Ich schwankte zwischen Groll und Erleichterung: Immerhin wusste ich jetzt, dass ich tatsächlich auf Sendung gewesen war. Doch der Kollege holte mich rasch zurück auf den

Boden: Das Ganze sei schon sehr stimmungsarm gewesen. Gar nicht, was er sich unter brasilianischer Begeisterung vorstelle. Ich solle doch besser tanzende, spärlich bekleidete Frauen zeigen statt dieser tranigen Jungs unter den speckigen Sonnenschirmen.

Es war kein gutes Spiel. Brasilien gewann dank einem Weitschuss-Tor von Kaká 1:0. Eine lokale Vereinigung hatte trotzdem einen großartigen Umzug organisiert. Mit Eselswagen, überlebensgroßen Puppen der Spieler, unglaublich lauter Blasmusik und allem, was in Brasilien sonst noch so dazugehört – sogar die aus Zürich geforderten tanzenden, leicht bekleideten Frauen liefen mit. Dieser Umzug sammelte sich nun hinter mir auf dem Platz. Mittlerweile hatte der Regen aufgehört, die Sonne war untergegangen, und es war stockdunkel. Ich rief die Redaktion in Zürich an und bat, man möge mich möglichst rasch aufschalten, der Umzug werde bald abmarschieren.

Im Studio unterhielten sich indes erst Fachleute langatmig über das Spiel. Ich insistierte, jetzt sprechen zu wollen. Doch erst wurde noch Experte Alain Sutter in Deutschland interviewt. Ich begann, die Regie in Zürich anzuflehen. Flavia stellte sich vor den Eselswagen und versuchte so, den Abmarsch der mehreren hundert Personen aufzuhalten. Doch zuvor erklärte auch noch Gilbert Gress, der Experte im Studio in Zürich, seine Sicht der Dinge.

Und während er so sprach, setzte sich auf einmal der dröhnende Umzug in Bewegung. Wer noch nicht drin war, schloss sich jetzt der riesigen tanzenden Raupe an. Langsam zog sie über den großen Platz und verschwand hinter den Häusern. Kaum war die letzte Tanzende verschwunden, hörte ich die Stimme aus Zürich: „In 30 Sekunden bist du auf Sendung!“ Ich war vor allem verschwitzt und verzweifelt. Hinter mir ein leerer Platz bei Nacht. Ein Hintergrund, wie man ihn nachts auch in Schweizer Orten wie Oerlikon oder Bümpliz findet.

Wie auch immer: Ich wurde jedenfalls endlich, endlich aufgeschaltet. Wie denn die Stimmung sei in Brasilien nach diesem Sieg, wurde ich gefragt. Ich hätte heulen können. Immerhin verstand ich diesmal die Frage. Zum Davonlaufen war es ohnehin zu spät. Also begann ich mit einem gequälten Grinsen: „Ja, ja! Es ist eine Riesenstimmung hier. Aber ich bin sicher, Sie sehen nichts davon." Und dann begann ich in allen Farben den Umzug zu beschreiben, der längst verschwunden war. Mit weiteren Fragen verlängerte der gutgelaunte Moderator meine Leiden. Bei Frage drei ging dann auch noch die einzige Lampe aus. Ich stand im Dunkeln und redete weiter. Irgendwann gelang es einem brasilianischen Techniker, die Lampe wieder zum Leuchten zu bringen. Der Moderator fragte noch nach meinen Arbeitsbedingungen in Brasilien, und ich begann, von unseren technischen Schwierigkeiten zu erzählen, vom Regen und schließlich auch noch von meinem Durchfall. Vielleicht der bisherige Tiefpunkt meiner Reporterkarriere. Immerhin: Noch nie erhielt ich so viele Reaktionen auf eine Schalte. Die Zuschauer in der Schweiz hatten sich halbtot gelacht.

Ich betrank mich ordentlich und beschloss, es beim nächsten Spiel besser zu machen. Fünf Tage später, es war ein Sonntag, spielte Brasilien gegen Australien. Wir reisten schon am Samstag in die Ribeira und suchten den Organisationschef des Umzugs, den wir am Dienstag so knapp verpasst hatten. Er sicherte uns zu, gegen ein kleines Handgeld würde er mit dem Abmarsch seiner Truppe so lange warten, bis unsere Live-Schaltung zu Ende sei. Ich schlug ein. Aus Schaden klug geworden.

Am Sonntag waren wir zeitig vor Ort. Die Schalte vor dem Spiel klappte ganz ordentlich. In der Kneipe, vor der wir saßen, saß ein kleiner, grüner Papagei in einem Käfig, der vor dem Spiel die ersten Zeilen der brasilianischen Nationalhymne samt Text mitsingen konnte. Der Vogel stimmte mich optimistisch. Brasilien gewann 2:0 durch Tore von Adriano und Fred. Wir hatten schöne Einspieler gefilmt von der überschäumenden Begeisterung der Leute in unserer Kneipe nach den zwei Toren. Alles wie geplant. Der Umzugstross formierte sich mit ohrenbetäubender Blasmusik und Trommeln. Ich stellte mich davor und realisierte sogleich: Nie und nimmer würde ich in diesem Lärm die Stimme des Moderators aus meinem Handy hören. Das war eigentlich auch nicht nötig, denn die Fragen waren vorbesprochen. Ich musste bloß irgendwie merken, wenn er mit seiner Frage fertig war. Also rief ich Fabio herbei, gab ihm mein Handy. Er lief 30 Meter zurück und stellte sich gut sichtbar hin. Unser Plan: Fabio würde mir immer dann ein Handzeichen zu geben, wenn der Moderator mit seiner Frage fertig wäre. Es klappte einwandfrei. Nach Fabios Handzeichen redete ich, was das Zeug hielt. Derweil warfen sich siegestrunkene Brasilianer zwischen mich und die Kamera, und Mütter streckten ihre Babys vor die Linse. Endlich hatten wir die brasilianische Begeisterung auf dem Sender. Schließlich beendete ich Antwort eins und hielt Ausschau nach Fabio. Doch dieser war verschwunden. Später erfuhr ich, dass er im Übertragungswagen die vorbereiteten Einspieler abgespielt hatte, während ich sprach.

Ich hielt inne und überlegte mir, wie lange wohl die Frage des Moderators dauern würde. Entweder würde ich ihm jetzt ins Wort fallen oder es würde eine lange, peinliche Pause über den Sender gehen, in der auch der letzte Zuschauer merken würde, dass hier etwas nicht stimmte. Irgendwann begann ich weiterzureden. Ich unterbrach ein zweites Mal und suchte wieder vergeblich nach Fabio, der wie vom Erdboden verschluckt war. So begann ich wieder zu reden, bis mich schließlich zwei stämmige Brasilianer von hinten packten, auf ihre Schultern hoben und davontrugen. Nicht schlecht dieser Abgang, dachte ich. Und erst diese Begeisterung. Mit dieser Szene würde ich es bestimmt in die Jahresendsendung mit den lustigsten Szenen des TV-Sportjahres schaffen.

Doch Minuten später rief mich der Kollege aus Zürich an: Das Ganze sei nun doch ein wenig laut und unübersichtlich gewesen. Insbesondere die unkoordinierten Einspielsequenzen. Deshalb hätten sie die Schalte nach Antwort zwei abgebrochen.

Drei Spiele, sechs Live-Schaltungen und viele, viele Pannen später schied Brasilien gegen Frankreich aus. Brasilien wurde nicht Weltmeister. Die Wahrsagerin hatte sich getäuscht.

Clemens Herbstmeister

Den Rest regelt der Markt

Flexibilität ist immer dann gefragt, wenn die Märkte enger werden. Klingt nach neoliberalem Gelaber, trifft aber zu. Deshalb habe ich meinen Tagesablauf angepasst. Jeden Tag um Punkt 13.10 Uhr unterbreche ich meine Arbeit und gehe zum Kiosk 319, Luxemburger-Ecke-Gürtel.

Dort treffe ich Tim, Gill, Kevin, Kevin und Schwacho. Warum Schwacho Schwacho heißt, erschließt sich nicht auf den ersten Blick, wiegt er doch bei geschätzten 1,55 Meter sichtbar mehr als ich. Kinder können grausam sein. Aber auch nützlich. Wir tauschen Panini.

Um die Frage zu beantworten: Nein, es kommt mir nicht komisch vor, mit Schwacho zu dealen. Erstens sind Panini keine Kalorienbomben, und zweitens haben Typen wie Schwacho Typen wie mich früher gern mal eine ganze Busfahrt lang erleben lassen, was das Wort Schwitzkasten bedeutet. Im Gegenteil. Im Sammelbildbusiness werden Win-Win-Situationen geschaffen, alle Marktteilnehmer profitieren gleichermaßen von regem Austausch. Mit Schwacho und einem der Kevins habe ich sogar die Handynummern ausgetauscht. Sie klingeln kurz durch, ich drücke weg, um ihre Prepaid-Budgets nicht zu belasten, und komme runter zum Kiosk. Das ist effizient und diskret, und – was mir wichtig ist – ich muss nicht am Schulhof abhängen.

Schwacho ist ein bisschen cleverer als die anderen. Deshalb ist sein Album etwas voller. Zum Beispiel dealt er Deutsche gegen Ausländer generell nur 1:2. Ich habe kurz überlegt, ihn öffentlich als analfixierten Sammelnazi anzuprangern, aber das hätte womöglich zu bösen Missverständnissen geführt. Außerdem ist er ein zu wichtiger Tauschpartner. Er hat drei Costa Ricaner, die mir fehlen. Costa Ricaner sind künstlich verknappt.

Seit zwei Tagen macht Schwacho auf „dicke Hose", weil er glaubt, dass sein Album bald voll ist. Ihm fehlen noch ungefähr 30 einzelne Bilder und eine komplette ukrainische Viererkette.

Gestern ziehe ich Fedorov, Radchenko und Rusol aus einer Tüte. Sofort wähle ich Schwachos Nummer, um ihm einen Deal vorzuschlagen. Eine erwachsene Frauenstimme meldet sich. „Ist Schwacho da?", will ich fragen, lege aber doch lieber auf. Vielleicht nennt seine Mutter ihn anders.

Heute Mittag ist er schon da, als ich reinkomme. Ich halte ihm triumphierend die Bilder unter die Nase. Er grinst nur und winkt ab. „Hab ich schon, sorry. No deal! Nur noch zwölf, dann bin ich durch, alter Mann."

Mit gesenktem Kopf verlasse ich den Kiosk. Im Supermarkt zahle ich mit EC-Karte. Eine komplette Box. 500 Bilder für 50 Euro. Ich vollende mein Werk in aller Stille und denke kurz an meine Kindheit. Mit einer Prise Wehmut, aber auch mit der Gewissheit, dass manches im Alter leichter wird.

Philipp Köster

Fast jedes Tor ein Treffer!

Eigentlich haben Fußballprofis ein formidables Leben. Bisschen trainieren, bisschen spielen, ansonsten wird gepflegt mit der Spielerfrau vor dem Elektrokamin im frisch bezogenen Eigenheim abgehangen.

Das einzig Dumme am Job als Fußballer ist, dass man stets und ständig ein Mikrofon unter die Nase gehalten bekommt und Auskunft geben muss. Zum Spiel am letzten Samstag, zum neuen Trainer, zur ausgeheilten Verletzung, zur Opel-Sanierung, zur Lage der Nation, noch mal zur Stimmung in der Mannschaft, noch mal zum Trainer und vor allem zur entscheidenden Frage: „Wie fühlen Sie sich?“ Das kann sehr lästig sein, vor allem dann, wenn in der Birne gerade gähnende Leere herrscht und sich partout kein kluger Gedanke bilden will.

Es ist also nur allzu verständlich, dass Fußballprofis nicht auf jede Frage einen launigen Aphorismus oder ein kluges Zitat von Adorno parat haben. Und dass sie sich manchmal sogar ein klein wenig verheddern in Sätzen, die schon kompliziert angefangen haben und irgendwie zu Ende gebracht werden müssen. Also verkündete Fritz Walter der Jüngere tapfer: „Die Sanitäter haben mir sofort eine Invasion gelegt!“ Roland Wohlfarth hebelte kurzerhand 800 Jahre Prozentrechnung aus den Angeln: „Zwei Chancen, ein Tor – das nenne ich hundertprozentige Chancenauswertung.“ Und Franz Beckenbauer ignorierte einst alle kalendarischen Erfahrungswerte: „In einem Jahr habe ich mal 16 Monate durchgespielt!“

Nun galten all diese verdrehten, krummen und schiefen Weisheiten eine Zeit lang als Beweis für die grundlegende Dämlichkeit des Fußballers an sich. Wer sein Leben damit zubringt, in kurzen Hosen einem Ball hinterherzurennen, muss halt prinzipiell dumm sein wie das Brot. Solche Arroganz verhinderte allzu lang eine ernsthafte Auseinandersetzung mit dem Genre der Fußballerweisheit und wuchs sich Mitte der Neunziger zu schenkelklopfendem Billigvergnügen aus. Seither sind viele Weisheiten schlicht niederzitiert. Damals allerdings genügte es völlig, dass einer zu deklamieren begann: „Madrid oder Mailand“, schon fiel die grölende Meute ein: „Hauptsache Italien, bruahaha!“ Von denen, die sich da so köstlich über den Geographiefreund Andreas Möller amüsierten, bekam sicher die Hälfte nicht einmal drei von 16 Bundesländern zusammen. Gerne wurde auch aus mangelnder Kenntnis über wissenschaftliche Kapazitäten gelacht. Wie ungerecht wurde etwa dem guten, alten Horst Hrubesch mitgespielt, bloß weil der nach der EM 2000 völlig berechtigt darauf hingewiesen hatte, man müsse das ganze Turnier noch einmal „Paroli laufen“ lassen. Völlig ignoriert wurde dabei das Gesamtwerk Hrubeschs, immerhin Co-Autor des 1980 erschienenen Standardwerks für Dorschangeln vom Boot und an den Küsten mit dem Titel *Dorschangeln vom Boot und an den Küsten.*

Mittlerweile hat sich die Szenerie jedoch beruhigt, und der Weg scheint frei für eine seriöse Beschäftigung mit den Philosophen in kurzen Hosen. Denn wer genau hinschaut, sieht in den Einlassungen der Trainer, Spieler und Funktionäre bizarre Komik, transzendentale Philosophie, Bibelexegese und experimentelle Prosa trefflich vereint. Oder um es mit dem ehemaligen Bundestrainer und kritischen Theoretiker Berti Vogts zu sagen: „Die Realität ist anders als die Wirklichkeit!“

Begonnen werden muss vor allem mit einer gründlichen Quellenforschung. Noch immer vagabundieren nämlich zahlreiche Blindgänger durch die Sammlungen. Rätselhaft zum Beispiel, warum immer noch Jürgen Klinsmann als Urheber des Zitats „Der Rizzitelli und ich, wir sind ein gutes Trio... Entschuldigung, Quartett" genannt wird, obwohl doch Fritz Walter dem Jüngeren dieser flotte Einzeiler einfiel. Auch andere Forschungszweige wie „Die dritte Person im Frühwerk von Lothar Matthäus" („Ein Lothar Matthäus kann es sich nicht leisten, sich zu blamieren") und die radikale Abkehr im Spätwerk („Ein Lothar Matthäus braucht keine dritte Person. Er kommt sehr gut allein zurecht!") oder aber auch „Die Kommunikation bei Mario Basler" („Das habe ich ihm dann auch verbal gesagt") stehen noch ganz am Anfang.

Zu den erstaunlichen Entwicklungen gehört auch, dass die Urväter des feinsinnigen Fußballspruchs nur wenig bis überhaupt nicht gewürdigt werden. So blühte bereits in den dreißiger Jahren des 20. Jahrhunderts der Mutterwitz auf den Fußballplätzen, maßgeblich befruchtet wurde die Disziplin dabei vom Urvater des launigen Fußballspruchs, Ernst Kuzorra. Der antwortete auf die Frage „Wo liegt Gelsenkirchen?" schnell und goldrichtig „Bei Schalke!" und wusste auch um den Sinn der auffällig langen Sporthosen, die die Spieler einst trugen. Nämlich nur, „weil wir so lange Dödel hatten!"

Dass Kuzorra heute längst nicht die Reputation eines Andreas Brehme oder Mario Basler besitzt, ist bedauerlich. Wo doch in den sechziger Jahren eine regelrechte Schalker Schule entstand, maßgeblich beeinflusst durch Reinhard „Stan" Libuda und seine an Arthur Rimbaud geschulte Einsicht: „Ich bin ein anderer." Wer genau, wusste Libuda allerdings auch nicht so genau.

Als mindestens ebenso einflussreich erwies sich ein anderer Fußballphilosoph aus dem Ruhrgebiet. Horst Szymaniaks ganz eigene Bruchrechnung, nach der er keinesfalls ein Drittel, sondern mindestens ein Viertel mehr Lohn bekommen wollte, wurde zur Berechnungsgrundlage ganzer Generationen von Fußballprofis. Meisterschaftsprämien, Ratenzahlungen für den Sportwagen, windige Bauherrenmodelle, alles wurde seither nach dem Szymaniak-Schlüssel ausgerechnet.

Das wichtigste Jahrzehnt der Fußballersprüche waren allerdings die neunziger Jahre. Eine schon heute sagenumwobene Dekade, die nahezu alle großen Dichter und Denker hervorgebracht hat, von Lothar Matthäus über Mario Basler und Jürgen Wegmann bis hin zu Stefan Effenberg und Andreas Möller. Sie alle begründeten eine der wichtigsten Bewegungen des Genres, die Begründung aus sich selbst, ob Möllers Einlassung „Vom Feeling her ein gutes Gefühl" oder die Matthäus-Expertise „Ich hab gleich gemerkt, das ist ein Druckschmerz, wenn man draufdrückt!"

Wie diese sind alle Weisheiten eigentlich praktische Lebenshilfe. Sie vermitteln Halt und Orientierung in einer zunehmend unübersichtlichen Welt. Fürchtet euch nicht, so lautet die Botschaft, alles ist irgendwie beherrschbar. Oder um es mit dem großen Philosophen Klaus Augenthaler zu sagen: „Egal, wie man es macht, man macht es verkehrt, also machen wir es richtig." So einfach ist das manchmal, im Fußball und im Leben.

Sascha Theisen

Du hast die Haare schön!

Wir sitzen im Bus, der uns zur Zülpicher Straße – der Kneipenmeile Kölns – bringt, und sind immer noch berauscht von Neuvilles Tor und Odonkors Flanke in jenem so wichtigen WM-Spiel gegen Polen in Dortmund. Wir singen Lieder, die zwar völlig ohne Sinn, aber dafür jenem Moment angemessen sind.

Als dieser „schöne Pfiffi" einsteigt, ölen wir die Stimmbänder. Er ist einer von der Sorte, die sonst höchstens für die Bayern den Fernseher anschaltet. An seiner Hand führt er einen Schuss im Girlie-Trikot. Hinter mir stimmt Peter das Lied an, das eigentlich für Michael Steinbrecher erfunden worden ist: „Du hast die Haare schön! Du hast die Haare schön! Du hast, du hast, du hast die Haare schön!" Der ganze Bus stimmt mit ein. Der Pfiffi lacht, die Perle auch. Wir hauen uns vergnügt auf die siegreichen Schenkel. David Odonkor hatte geflankt, Oliver Neuville das Tor gemacht – alles ist gut, alle sind Freunde, alle freuen sich.

Wir kommen schließlich dort an, wo jeder an diesem Abend sein sollte. Die Zülpicher Straße in Köln brennt. Wildfremde Menschen liegen sich in den Armen, sind glücklich, geben sich Bier aus, leben die WM, schreien ihre Freude in eine grandiose Nacht. Wir schauen uns verwundert an und schütteln ungläubig den Kopf. Neuville hatte getroffen, Odonkor geflankt.

Kommt eine dieser – im normalen Ligaleben eher selten anzutreffenden – Frauen im DFB-Top und Jeans-Minirock daher, verbünden sich die umstehenden Fangruppen und singen für sie: „Du bist die Tochter von Klinsmann, Tochter von Klinsmann, du bist die Tochter von Kliiiinsmann. Du bist die Tochter von Klinsmann.“ Alle lachen, freuen sich – Neuville hatte getroffen, Odonkor geflankt.

Fährt ein Taxi durch die Straßen und hat keines dieser 1,60-Euro-Fähnchen am Gefährt, wird er mit einem „Du hast kein Fähnchen dran, du hast kein Fähnchen dran, du hast, du hast, du hast kein Fähnchen dran“ in die Nacht geschickt. Er hupt rhythmisch, alle jubeln. Neuvilles Tor und Odonkors Flanke sei Dank.

In der Zülpicher Straße setzen sich derweil gut 1.500 Menschen auf den Boden. Einige Besoffene hatten es von ihnen verlangt. Sie antworten einem noch betrunkeneren Einpeitscher und bilden aus den einzelnen Buchstaben das Wort „H U M B A“. Als sie fertig sind, springen sie auf und tanzen. Neuville hatte getroffen, Odonkor geflankt.

Als ich im Morgengrauen nach Hause wanke, kommen mir drei Youngsters entgegen. Sie tuscheln, bevor sie an mir vorbeigehen. Kurz nachdem ich sie passiert habe, drehen sie sich um und rufen in meine Richtung: „Du hast die Haare schön! Du hast die Haare schön! Du hast, du hast, du hast die Haare schön!“ Sie lachen, ich lache. Deutschland ist ein puppenlustiger Ort in diesen Tagen, wenn Neuville trifft und Odonkor flankt.

Ismael Fischmord

Initiation

Es war ein lauer Sommer, irgendwann in den frühen achtziger Jahren. Einer dieser Sommer, die man normalerweise vergisst, weil sie so oder ähnlich immer stattgefunden hatten, all die Jahre zuvor. Ein Sommer, in dem man nach der Schule im See schwimmen ging, das Geld zählte, um sich am Freibad Fritten zu kaufen, und den Mädchen nachschaute. Kurz, ein völlig normaler, öder Jugendsommer eines völlig normalen, öden Jugendlichen. Routiniert hatte ich am Morgen wie üblich meine Schamhaare gezählt und meinen Adamsapfel vermessen. Ich wollte wissen, ob sich seit der letzten Woche etwas verändert hatte und ich ein Stückchen näher an das Erwachsenenalter herangerückt war. Die Anzahl der Schamhaare und die Größe des Adamsapfels schienen mir dafür aussagekräftige Indizien zu sein. Ich machte mich auf den Weg zu Jochen, der gut drei Jahre älter war als ich und der sich dennoch gut mit mir verstand. Vielleicht, weil ich an seinen Lippen klebte, wenn er etwas erzählte, vielleicht aber auch, weil er mich wirklich nett fand. Ich wusste es nicht, und es war mir auch egal. Die Sonne schien und ging mir auf die Nerven. Dieser Tag würde genauso enden wie alle bisherigen in meinem Leben, wenn ich nichts dagegen unternahm, dachte ich noch auf dem Weg zu ihm und fasste einen Entschluss.

Ich traf ihn im Garten an. Jochen lag auf einer Liege und hörte Musik. Er besaß einen Walkman, den ersten Walkman überhaupt, also den Walkman, der zwar so hieß, aber noch genauso groß war wie ein Transistorradio. Er zog sich die orangefarbenen

Kopfhörer von den Ohren, als er mich sah, und winkte. „Jochen, ich habe die Nase voll. Ich will ein Mann werden, so wie du. Ich habe 4.256 Schamhaare und mein Halsumfang ist innerhalb der letzten Woche beachtlich gewachsen. Meine Stimme wird dunkel. Ich finde, das reicht“, polterte ich los. Jochen lachte, dann schien er zu überlegen, ehe er zur Antwort ansetzte. „Und du denkst, man beschließt es einfach so, das Mannsein?“, fragte er. „Ist mir egal, ich habe es beschlossen. Mir reicht es!“, antwortete ich. In Erwartung einer großen Fragestunde zum Thema Frauenerfahrung und erstem Geschlechtsverkehr hatte ich mir auf dem Weg zu Jochen ein paar Argumente zurechtgelegt, warum es in meinem besonderen Falle ausreichen müsste, dass ich mit Sylvia auf dem Bolzplatz hinter dem Tor Küssen mit Zunge geübt und währenddessen an Marion gedacht hatte. Das schien mir ziemlich männlich zu sein, die eine zu küssen und dabei an eine andere zu denken. Aber dieses Thema kam erstaunlicherweise nicht zur Sprache. „Kennst du dich mit der Kultur der Indianer aus?“, fragte mich Jochen, und kopfschüttelnd stand ich vor ihm. „Indianerjungen beschließen nicht, Männer zu werden, sie werden geprüft, ob sie Männer sind. Dazu müssen sie Aufgaben erfüllen und ihren Mut beweisen. Bei einem Stamm müssen sie drei Tage alleine im Urwald überleben. Bei anderen Stämmen müssen die Jungen sich mit einer Liane um das Bein gewickelt von einem hölzernen Turm werfen und so beweisen, wie mutig sie sind.“ Das klang zwar ziemlich bescheuert, aber irgendwie auch interessant, wie ich fand. Jedenfalls war ich froh, nicht von meinen erotischen Vorerfahrungen auf dem Bolzplatz berichten zu müssen. Aber ein hölzernes Gerüst oder ein in der Nähe liegender Urwald fielen mir auf die Schnelle nicht ein. „Über die Autobahn rennen, so etwas meinst du?“, fragte ich, aber Jochen schüttelte nur den Kopf. „Nein, das ist was für Idioten, Kinder oder komische Indianer. Es gibt in Wahrheit nur eine Möglichkeit, ein Mann zu werden", sagte Jochen. Hätte er in diesem Moment aufgehört zu sprechen, hätte er das Trommeln meines Herzens hören können. Meine Nervenzellen schossen mit allem, was sie hatten, und Bilder, Gerüche und Emotionen kreuzten in einer psychedelischen Collage mein Bewusstsein. Ich würde heute noch ein Mann werden, ich würde irgendein Klettergerüst runterspringen oder drei Tage ohne Kiosk überleben müssen, aber ich würde ein Mann werden und Jochen wusste wie. Ich war bereit.

„Du musst Fußballfan werden", sagte Jochen, und ein Klettergerüst fiel vor meinem inneren Auge in einem Wölkchen aus Staub zusammen. „Etwas anderes gibt es nicht. Nichts anderes zählt. Nur dann bist du ein Mann. Vergiss den ganzen anderen Scheiß, den man sich erzählt – du musst Fußballfan werden." Ich dachte nach und war froh, keine drei Tage ohne meinen Kiosk überleben zu müssen. Es schien mir recht einfach zu sein, auf diese Art ein Mann zu werden. „Gut, dann bin ich eben für Gladbach", sagte ich, denn ein gebürtiger Niederrheiner hat keine andere Wahl. Ich hatte es mir schwieriger vorgestellt, ein Mann zu werden. Einmal „Gladbach" zu sagen und für immer Mann zu sein, das war schon in Ordnung. An der Reaktion von Jochen merkte ich, dass etwas an meiner Antwort falsch gewesen sein musste. Vielleicht die Mannschaft? Jochen war Dortmund-Fan. Nicht irgendeiner, er war *der* Dortmund-Fan. In einem Artikel unserer Schülerzeitung hatte er geschrieben, er würde Rüdiger Abramczik sogar seine linke Niere als Spende anbieten. Rüdiger Abramczik erfreute sich glücklicherweise bester Gesundheit und Torlaune und machte davon keinen Gebrauch. Jochen behielt seine Niere. Er hat, glaube ich, bis heute noch beide. Ein Jahr später ging Abramczik zu Nürnberg und Jochen hätte seine Nierenspende bitter bereut.

„Man kann eine Mannschaft wählen", sagte Jochen, „das ist schon in Ordnung und bleibt dir überlassen. Aber man kann sich nicht einfach entscheiden, ein Fan zu werden. Man muss von anderen Fans aufgenommen werden. Das ist der Punkt. Es ist wie bei den Indianern. Die anderen Männer entscheiden darüber, ob du ein Mann bist oder nicht. Bei uns müssen andere Fans darüber entscheiden, ob du ein Fan bist. Es kommen Prüfungen auf dich zu. Ich rufe Kalle und Paul an. Wir treffen uns um 17 Uhr auf dem Bolzplatz. Ich muss Vorbereitungen treffen." Mit einer Handbewegung entließ er mich, und ich verbrachte den frühen Nachmittag bei sengender Hitze voller Ungewissheit. Kalle und Paul, das verhieß nichts Gutes. Kalle *oder* Paul wären schon schlimm genug gewesen, aber die siamesischen Zwillinge des Fanblocks, das kann böse enden, dachte ich. Schließlich waren beide in der Siedlung bekannt – nicht zuletzt, weil sie Jeanskutten mit Aufnähern von Borussia Dortmund trugen und Andersdenkenden, zum Beispiel Freunden der rhythmischen Sportgymnastik, gerne mal ein BVB mit einem Edding-Stift auf den Pullunder malten. Das hatte ihnen unter den Eltern nicht nur Freunde, sondern eher einen schlechten Ruf eingebracht. Kalle und Paul waren auf der Liste der möglichen Schwiegersöhne deswegen eindeutig auf einem Abstiegsplatz.

Eine halbe Stunde zu früh traf ich am Bolzplatz ein und ging unruhig auf und ab, den Blick auf die Straße gerichtet, auf der irgendwann die drei Hercules-Mopeds mit durchbohrtem Auspuff ihr Ankommen ankündigten. Über das, was dann folgte, habe ich bisher selten gesprochen, und ich erinnere mich nicht gerne daran. Folgendes weiß ich aber noch genau, und es kommt mir vor, als wäre es gestern gewesen: Wir gingen gemeinsam zum Mittelpunkt des Bolzplatzes und knieten uns hin. Jochen zermörserte Paprikachips in einer Schale, und auf einer Fahne wurden aus den Krümeln zwei Linien gezogen, die ich dann durch eine gerollte Eintrittskarte vom Spiel Duisburg gegen Köln tief durch die Nase aufsaugen musste. Natürlich war ein furchtbares Niesen die Folge, denn meine jugendliche Nase war keinerlei Wirkstoffe, gleich welcher Art, gewöhnt. Anschließend sollte ich Bier aus einer Faxe-Dose trinken, die am unteren Dosenrand ein Loch aufwies. Ich setzte meinen Mund an jene mit dem Zündschlüssel von Pauls Hercules-Moped gebohrte Öffnung, und Kalle entfernte unter einem lauten Zischen den oberen Verschluss in dem Moment, als die Dose in einem rechten Winkel zu meinem Gesicht stand. Exakt ein Liter Bier suchte sich in ziemlich genau einer Sekunde einen passenden Weg aus der Dose heraus und in meinen Körper hinein. Ich bemühte mich darum, meinen Schluckreflex außer Gefecht zu setzen und das Bier komplett in den Magen durchzulassen, aber es gelang mir nicht. Ich schluckte doch irgendwann, und der Bierfluss geriet ins Stocken, bildete irgendwo tief in meinem Hals einen Strudel und suchte sich einen anderen Ausgang. Der ungetrunkene Rest Faxe-Bier reinigte meine Nase und spülte die Paprikakrümelreste auf das Deutschland-Trikot, das man mir angezogen hatte. Weiteres Niesen setzte ein, diesmal war es dem Bier geschuldet. Bierniesen ist aber nicht so heftig und unangenehm wie Paprikachipsniesen, das lernte ich an diesem Nachmittag. Trotzdem glaubte ich zu ersticken, aber ich war zäher, als ich es selbst von mir gedacht hätte, und irgendwann bekam ich sogar wieder Luft. Die benötigte ich auch dringend, denn es folgte eine Reihe von Gesängen, die ich, so laut ich konnte, zu wiederholen hatte. Dann musste ich Fangesänge improvisieren. Kalle sang eine Melodie, und ich musste spontan einen Text dazu dichten. Zum Beispiel sang Kalle „Vamos a la playa“, und mir blieben kaum zehn Sekunden, um daraus ein „Ihr seid zweite Liga, oh oho oho“ zu machen. Das war nicht sehr gut, aber auch nicht schlechter als das, was man normalerweise in den Stadien zu hören bekommt. Ich hatte bestanden, und Paul drückte seine Anerkennung aus.

Was dann folgte, ließ mich für einen Moment daran zweifeln, ob es ein guter oder der richtige Tag gewesen war, um ein Mann zu werden. Ich hatte bislang alles ganz gut überstanden, aber nun zog Jochen ein Bild von Jupp Derwall aus seiner Umhängetasche. Ich musste das Bild mit den Lippen berühren und anschließend einen Eid nachsprechen und alle Strophen der deutschen Nationalhymne singen. Nie wieder in meinem Leben bin ich mir so blöde vorgekommen wie in diesem Augenblick, mit meinen Lippen auf dem großen *kicker*-Sonderbeilagen-Bild von Jupp Derwall und der linken erhobenen Faust, irgendwelche Treueschwüre vor mich hinbrabbelnd. Aber ich war schon so weit gegangen, nun konnte ich nicht mehr umkehren, das war klar. Die Punkte gingen auf mein Konto und wurden von Jochen auf seiner gelben Karte notiert.

Abschließend atmete ich dreimal hintereinander mehrfach schnell ein und aus, und Kalle umklammerte mich fest von hinten und drückte mir den Brustkorb ein. Ich sank zu Boden und wachte wenig später, eingewickelt in eine Deutschlandfahne, wieder auf. Jochen, Kalle und Paul standen um mich herum und johlten, pfiffen und klatschten, als ich die Augen wieder aufschlug. Sie halfen mir auf die Beine, klopften mir kameradschaftlich auf den Rücken. Jochen zog seine gelbe Karte hervor und sagte, ich hätte 7 von 11 Punkten erreicht, das sei ein gutes Ergebnis und würde in jedem Falle genügen. Nur mit dem Bier müsste ich noch üben. Kalle trug mich anschließend auf seinen Schultern in einer Ehrenrunde über den Bolzplatz. „Aufgenommen, aufgenommen“, schrie er dabei, und ich strahlte und streckte meine geballte rechte Faust einer imaginären Zuschauermenge auf den Rängen entgegen. Gerne wäre ich vor Freude über eine Bandenwerbung gesprungen, aber auf unserem Bolzplatz gab es keine Bandenwerbung.

Leicht gewesen war es nicht – das kann ich sagen. Eine Mischung aus Kommunion und Äquatortaufe – beides auch nicht einfach zu überstehen. Aber rückblickend war es doch einer der glücklichsten Tage meines Lebens; der Tag, an dem ich zum Mann wurde.

Frederic Latz

Oli, wenn de jetzt dran ziehst…

Seine Amtszeit dauerte nur eine Saison. Eine Saison in der Kreisliga C, der niedrigsten Liga überhaupt im Kreis. Es war ein Jahr, das Anekdoten hervorbrachte, die nur schwer zu glauben, aber tatsächlich so passiert sind. Eine Saison unter unserem neuen Cheftrainer – nennen wir ihn den „Trainer“. Unser Verein, der von dem Trainer auch „der schlafende Riese“ genannt wurde, sollte von ihm – dem Trainer – zum Leben erweckt werden.

Der Trainer hatte tatsächlich Bundesligaeinsätze für mehrere Bundesligavereine vorzuweisen und konnte sich sogar drei Tore in der höchsten deutschen Spielklasse an das Revers heften. Mehr noch: Der Trainer hatte es sogar zu mehreren Amateur-Länderspielen gebracht. Folglich sollte er genügend Spiel- und vor allem Trainingserfahrungen auf höchstem Niveau gesammelt haben, um uns ganz nach vorne zu bringen. Hatte er auch – jedoch Erfahrungen der späten sechziger und frühen siebziger Jahre, die seitdem fest in seinem Fußballhirn verankert schienen und keiner Überprüfung, geschweige denn Aktualisierung unterworfen worden waren.

Als der Trainer sein Amt übernahm, belegte ich zeitgleich im Rahmen meines Studiums an der Sporthochschule einen Fußballkursus. Dort wurden auch die antiquierten Trainingsmethoden angesprochen, die schon lange nicht mehr angewandt werden sollten – wohlgemerkt sowohl aus taktischen als auch gesundheitlichen Gründen. Doch schon die erste Trainingseinheit des Trainers beim TSV bestand zu großen Teilen aus Übungen dieser überholten Trainingslehre: Klappmesser, Purzelbäume, zehrende

Waldläufe usw. Was damals funktioniert hat, kann ja heute nicht falsch sein, dachte er wohl. Und eines war gleich von Anfang an klar: Dem Trainer widersprach man besser nicht.

Wir hatten anfangs sogar so etwas wie Respekt vor ihm, dem Trainer, der trotz all seinen Profistationen besonders oder eigentlich ausschließlich vom 1. FC Köln schwärmte. Aber dazu später mehr.

Es war Training, und wir ackerten, auch Oli – der Lebensmittelstürmer. Bei ihm, wie beim Großteil der Truppe, war Konditionstraining nicht wirklich beliebt. Aber wir gaben alles – bis zur völligen Erschöpfung. Auch Oli. Der war, wie ebenfalls ein Großteil der Truppe, Raucher. Und was rauchten wir gerne! Die letzte unmittelbar vor dem Training, die nächste direkt danach – natürlich noch vor dem Duschen und selbstverständlich mit einer kühlen Flasche Bier in der anderen Hand. Oli konnte jedenfalls einfach nicht mehr rennen. Er war platt – wie wir alle. Dann war der Moment da. Ein Motivationsspruch vom Trainer, der mittlerweile zur Legende wurde: „Oli, wenn de jetzt dran ziehst, dann bringt et watt!!" Und Oli zog dran – nach dem Training an der wohlverdienten Kippe.

Die Saison begann, und des Trainers nicht vorhandenes Talent für taktische oder motivierende Kabinenansprachen kam unbarmherzig zum Vorschein. Der Spieltag rückte näher, doch diskutiert wurde eigentlich nur das vergangene Spiel des 1. FC Köln: am Treffpunkt, auf der Fahrt, beim Warmlaufen, während der Verkündung der Mannschaftsaufstellung. Das hätte mir eigentlich gefallen sollen – tat es anfangs auch, aber irgendwann wurde es schließlich selbst mir zu viel. Vor einem Meisterschaftsspiel ließ der Trainer seinem (wenngleich auch nachvollziehbaren) Hass auf die Pillendreher von der falschen Rheinseite freien Lauf. Der FC hatte verloren, und der Trainer formulierte seine Antipathie folgendermaßen: „Selbst wenn meine Frau im Sterben liegt, bekommt die keine Medikamente von Bayer!" Der Schiri pfiff vor den Kabinen zum Anstoß. „Ach so: Stefan im Tor, ist klar, Peter Libero“ usw. auf die Schnelle. Taktik? Einstellung? „Macht es nicht wie der FC am Samstag!“

Halbzeit. Wir führten 3:0. Aber der Trainer wusste uns zu motivieren: „Passt bloß auf – die spille jetzt op ihr Trainingstor!“ Gerne kommentierte er auch mögliche Einwechslungen des Gegners: „Die bringen jetzt den Billes – dat is ne Granate!“ Keiner wusste, woher er diese Informationen hatte. Und keiner wusste, was wir mit diesen Informationen anfangen sollten, aber fast jeder Motivationstrick entpuppte sich als Ente: Billes war furchtbar schlecht, und auf das andere Tor spielte der Gegner genauso wie in der ersten Halbzeit.

Beim nächsten Training war das alles auch nicht mehr so wichtig – schließlich mussten noch die letzten Neuigkeiten in Sachen FC ausdiskutiert werden. Andersgläubige waren verständlicherweise schnell gelangweilt, doch selbst mein FC-Herz konnte das sinnlose Gelaber bald nicht mehr ertragen.

Vielleicht merkte der Trainer das sogar. Denn er ließ uns zunehmend auch an Geschehnissen aus seinem Privatleben teilhaben. Unser Torwart Stefan sollte eines Tages ein ganz spezielles und besonders intimes Erlebnis mit unserem Coach haben. Stefan hatte zuvor eine Trainingseinheit versäumt, und plötzlich baute sich der Trainer vor ihm auf. Stefan saß, der Trainer stand. „Was macht er jetzt?“, dachten sich viele. Und dann geschah es. Wenige Zentimeter vor Stefans Gesicht zog der Trainer blank und präsentierte ihm das Ergebnis seiner kürzlich durchgeführten Leistenoperation: „Stefan, die anderen haben es schon gesehen. Guck da“, und deutete auf sein bestes Stück. „Guck, dat Männche – janz blau. Doch dat schlimmste is, et will nit mieh!“

Die Saison nahm ihren Lauf – und zwar einen eher mittelprächtigen. Und so kam, was kommen musste: eine Grundsatzrede, die wieder Disziplin und Ordnung in die Truppe bringen sollte. Eines musste man dem Trainer lassen: Konsequent war er. Fehlte ein Spieler, und sei es ein Leistungsträger, unentschuldigt beim Training, hatte er geringe Chancen, am Wochenende in der Startformation zu stehen. Ein verlässlicher Leistungsträger war auch unser Libero Peter. Doch prompt beim ersten Spiel nach der Standpauke kam Peter eine geschlagene halbe Stunde zu spät zum Spiel. In der Halbzeit ging Peter entschuldigend auf den Trainer zu, und der konterte überraschend gelassen: „Gar kein Problem! Wir fangen alle wieder bei null an, nur du, Peter, hast gerade deinen Freifahrtschein eingelöst."

Die Oddset-Wetten des Trainers waren berüchtigt, aber meist nicht zur Nachahmung empfohlen: „Neffkaßel United gegen Mankaster United – eine ganz klare Eins."

Eine „Eins" war der Trainer nach eigenen Angaben auch in puncto Attraktivität zu seiner aktiven Zeit. O-Ton: „So schöne Männer wie der Rudi und ich!" Der Trainer und Rudi machten seinerzeit Bremer Diskotheken unsicher. Aber einer stahl ihnen offensichtlich stets die Show: „Der Hans-Dieter, der alte Päädsrehme. Ken Hohr um Kopp, ävver der Rehm, der kunnt dä in de Stutze staische!"

Der angestrebte Aufstieg blieb aus, und der Trainer verließ uns. Er verließ den Riesen, der immer noch schlief.

Das Schicksal wollte es so, dass wir in der folgenden Saison gegen des Trainers neues Team in einer Gruppe der Kreisliga C spielten. Sie konnten einem fast leid tun. In der Halbzeit unseres Aufeinandertreffens konnten wir seine Halbzeitansprache in Teilen aufschnappen. Einige unserer Spieler liefen sich derweil warm – der Trainer wusste, was passierte: „Auf die zwei müsst ihr aufpassen. Die stehen mindestens zweimal pro Woche vor Gericht."

Arne Jens

Hooligan

„Ha! Ho! Heja heja he! Fußball ist unser Leben." Was mir die deutsche Fußballnationalmannschaft mit diesen Worten sagen wollte, war mir nicht ganz klar, als ich im Alter von sechs Jahren in meinem Kinderzimmersessel dem Plattenspieler lauschte.

Als ich zehn Meter weiter links und wenige Wochen später im Wohnzimmersessel saß, erlebte ich in gewisser Weise meine erste Entjungferung. Ich sah ein Fußballspiel im Fernsehen und fieberte mit dem Team, das später auch gewinnen sollte. 2:1 stand es am Ende für Deutschland gegen Holland. Lange vor Küssen und anderen großen Erregungen geriet ich in einen Rauschzustand, vor dem mich niemand gewarnt und über den mich niemand aufgeklärt hatte. Mein Verstand stellte erstaunliche Zusammenhänge her: Weltmeister war die Mannschaft geworden, die mich auch musikalisch überzeugt hatte. Zwischen Fußball und Musik musste also eine Verbindung bestehen, der es auf der Spur zu bleiben galt.

Vier Jahre lang hielt ich Augen und Ohren offen. Dann freundete sich die deutsche Fußballnationalmannschaft mit einem Mann namens Udo Jürgens an. „Buenos Dias Argentina, guten Tag, du fremdes Land", hallte es nun aus meinen Boxen. Aber im Vergleich zu 1974 war viel Tempo auf der Strecke geblieben. Fast getragen kam das neue Lied daher. Langsam und müde wirkten auch meine ehemaligen Helden, sie scheiterten kläglich an Österreich – dem Land, aus dem Udo Jürgens kam. Der Zusammenhang zwischen Fußball und Musik bestand also offensichtlich immer noch, aber aufgrund der vorliegenden Ergebnisse interessierte er mich nun nicht mehr. Dieses Desinteresse hielt fast 20 Jahre lang an.

1996 kam dann der Song „Three Lions“ auf die Welt, doch jeder redete ihn von Beginn an nur mit seinem Zweitnamen „Football’s coming home“ an. Fußball und Musik – anscheinend wollten es die beiden doch noch einmal zusammen probieren. „Football’s coming home“ war der offizielle Song zur Europameisterschaft in England. Doch er nabelte sich ziemlich schnell vom Mutterland des Fußballs ab und entwickelte ein Eigenleben der besonderen Art. Man hörte ihn nicht nur, wenn große Mannschaften vor großem Publikum gastierten, sondern auch, wenn kleine Alltagshelden auf irgendeinem Acker ihre Test- oder Trainingsspiele absolvierten. Meine Thekenmannschaft und ich, wir machten da keine Ausnahme. Lauthals feuerten wir uns immer wieder mit der neuen Hymne an. Trotzig nach Niederlagen und nach Siegen mit einem Hauch von Größenwahn. Immer waren wir überzeugt davon, dass der Fußball gerade jetzt, in genau diesem Moment mit uns nach Hause kam. Schöne Momente waren das, aber zwei Jahre später sah meine Fußball- und Musikwelt schon wieder ganz anders aus.

Am 9. Mai 1998 gab die Tabelle der Fußball-Bundesliga in meinen Augen ein völlig verzerrtes Bild ab. Der 1. FC Köln befand sich auf einem Abstiegsplatz, und das berühmte rettende Ufer ließ sich mit bloßem Auge nicht mehr am Horizont erkennen. Aber aus meinem ganz besonderen Blickwinkel bestand noch eine von diesen rechnerischen Möglichkeiten, die mich schon im Mathematik-Leistungskurs beeindruckt hatten. Im Endeffekt mussten nur Gladbach, Bochum und Karlsruhe mit drei Toren Unterschied verlieren, während der FC mit drei Toren Unterschied gegen den Tabellendritten aus Leverkusen gewann. Wenn es noch einen Funken Gerechtigkeit auf diesem Erdball gab, dann musste an diesem Tag um Punkt 15.30 Uhr ein Wunder seinen Lauf nehmen, das sich mit dem von Bern locker würde messen können. Noch ahnte ich nicht, wie sehr die Mathematik mit der Gerechtigkeit auf Kriegsfuß steht. Noch konnte ich mir nicht vorstellen, meine Kölner in der zweiten Liga zu sehen. Meine Lieblingsbands hätten es ja auch nicht gewagt, ein schlechtes Album aufzunehmen, und meine Freundin Pauline wäre nicht im Traum darauf gekommen, mit einem anderen Typen auszugehen. Ich kannte Enttäuschungen, aber Katastrophen hatten in meinem Leben bisher nur einen Charakter – und der war rein fiktiv.

Am Morgen dieses 9. Mai stellte ich zunächst mit einer gewissen Verwunderung fest, dass neben dem FC noch ein anderes Thema im Mittelpunkt des öffentlichen Interesses stand. Als ich in mein stets mit kölschen Ureinwohnern bevölkertes Büdchen stolperte, schnappte ich ziemlich überrascht den folgenden Gesprächsfetzen auf: „Isch jlööv, dat der Jildo hück et Rennen macht." Jildo? Was für ein Jildo?, dachte ich. Verwirrt kaufte ich mir eine Zeitung und eine Packung Lucky Strike.

Das Bild auf der Titelseite des *Stadt-Anzeigers* klärte mich auf. Jildo oder besser gesagt Guildo Horn trat heute Abend für Deutschland beim Grand Prix d'Eurovision an. Natürlich hatte ich davon gehört. Ein Typ mit langen fettigen Haaren sang Schlager, trug eine tierisch große Sonnenbrille und ließ sich von seinen Anhängern als „Meister" feiern. Er war mehr als ein Medienphänomen. Auf ihn konnten sich damals fast alle Deutschen von der Bundesregierung bis zur Klatschpresse einigen. Alle gönnten ihm den Erfolg, wenn er sein Bekenntnis „Guildo hat euch lieb" zum Besten gab.

Doch eins war klar: 50.000 Zuschauer würden heute im Müngersdorfer Stadion dafür sorgen, dass der FC die Schlagzeilen zurückeroberte. Dann würden wir sehen, wer das Prädikat „Meister" verdiente, und danach konnte Guildo Horn von mir aus mit hunderten von Siegen bei tausenden von Schlagerwettbewerben belohnt werden. Jetzt zog ich schnell mein Trikot über, denn um 14.30 Uhr war ich mit Peter und Thomas am Marathontor verabredet. Pauline gab ich einen Kuss auf die Wange, und in Erwartung bevorstehender Siegesfeiern sagte ich zu ihr: „Heute könnte es etwas später werden." „Bin gespannt, wie dieser Guildo Horn heute abschneidet", murmelte sie nur, in Gedanken offensichtlich ganz woanders. Unglaublich, sogar meine eigene Freundin – ich witterte Verschwörung und Verrat.

Meine Freunde und ich, wir hatten uns gute Plätze für das Spiel gesichert. Halbrechts oben postiert und bei herrlichem Sonnenschein harrten wir der Dinge, die da kommen sollten. Unser Optimismus war eine Selbstverständlichkeit, die nackten Zahlen würden nach den 90 Minuten eine deutliche Sprache sprechen. Etwas verstörend wirkte auf mich allerdings ein Typ, der ungefähr zehn Meter entfernt von uns stand. Er trug eine Perücke mit langen Haaren und eine tierisch große Sonnenbrille. In der allgemeinen Eurovisions-Euphorie hatte sich offensichtlich eine Guildo-Horn-Kopie ins Stadion verirrt. Ich strafte ihn sofort mit bösen Blicken und verlieh ihm wie allen Menschen, die ich nicht leiden konnte, einen fiesen Phantasienamen. Für diesen Guildo fiel mir allerdings nichts Kreativeres als Guido ein – doch für ein ausgiebigeres Brainstorming fehlte jetzt die Zeit.

Die Geschichte des Spiels lässt sich schnell erzählen. Der FC holte zwar einen 2:0-Vorsprung heraus, aber mit Ausnahme der Karlsruher spielten die Mitkonkurrenten überhaupt nicht so, wie sie hätten spielen sollen. Ich fühlte mich zum ersten Mal wie in einem falschen Film. Den Sinn dieser Redensart hatte ich nie verstanden, denn wozu die Aufregung, ein falscher Film ist halt einer, den man schnell verlässt. Doch nun merkte ich, dass es aus den Kinos dieser Welt manchmal keinen Ausweg gibt. Die letzte hoffnungsvolle Glut in mir erstarb, als die Leverkusener zwei

Tore erzielten und die Partie mit einem Unentschieden endete. Minutenlang standen meine Freunde und ich nach Spielschluss ratlos herum, dann kam Thomas endlich auf eine einfache, aber durchaus logische Idee, die er in wenigen Buchstaben auf den Punkt brachte: „Bier?", fragte er, und wir machten uns auf den Weg. Das Kölsch im Stadtgarten wirkte schnell, und nach Stunden ergebnisloser Diskussion über die zurückliegenden Saisonergebnisse bekamen wir Hunger.

Der ansonsten immer recht spärlich besuchte Imbiss gegenüber konnte sich an diesem Abend nicht über zu wenig Kundschaft beklagen, mindestens 50 Gäste hatten sich vor seinem Fernseher versammelt. Dort lief aber nicht etwa *Das aktuelle Sport-Studio* oder ein *Brennpunkt* mit dem Thema „1. FC Köln – wie kann der Abstieg doch noch verhindert werden?", sondern die Live-Übertragung des Grand Prix d'Eurovison. Gebannt starrten alle auf das Geschehen, das sich gerade seinem Höhepunkt näherte: Die Punktevergabe für die einzelnen Kandidaten stand an. Ein Gast hinten an einem der Holztische brüllte „Meister, Meister", und als sollte mir an diesem Tag gar nichts erspart bleiben, erkannte ich die Perücke und die Sonnenbrille von Guido alias Guildo wieder. „Großer Gott", murmelte ich laut. Doch auf mich hörte keiner, vielmehr lauschten alle den verschiedenen Punktzahlen, die nun stetig von monotonen Stimmen verkündet wurden. „Germany – twelve points", hieß es dann auf einmal, und die gesamte Imbissbude veranstaltete einen Lärm, den man wahrscheinlich bis nach Gladbach, Karlsruhe oder Bochum hören konnte. Ich dachte: zwölf Punkte. Zwölf Punkte mehr, damit wäre der FC auf Platz acht gelandet. Guildo Horn wurde Siebter – allerdings in der Wirklichkeit. Am Ende aber wurde sein Abschneiden fast teilnahmslos zur Kenntnis genommen, so, als wäre die ganze Aufregung um ihn nur ein unangenehmer Geruch gewesen, der sich nun wieder verflüchtigt hatte. Selbst Guido schlenderte erstaunlich entspannt nach draußen. Diese plötzliche Seelenruhe nervte mich nun besonders an ihm.

Obwohl ich in Anbetracht meines Alkoholkonsums eigentlich nur noch gedanklich gehen konnte, gelang es Peter und Thomas, mich zu einer Tour ins Underground zu überreden. Ein Konzert stand dort auf dem Programm. Eines, das offensichtlich keiner sehen wollte, denn während sich drinnen Fuchs und Hase gute Nacht sagten, drängte sich das Volk draußen im Biergarten auf wenigen heiß begehrten Quadratmetern. Das war eine der wenigen Informationen, die mir meine Wahrnehmung noch liefern konnte, ansonsten wanderten meine glasigen Augen wie Murmeln durch die Menge – auf der Suche nach einer Erlösung, die sich nirgendwo auftreiben ließ.

Und dann kam es, wie es kommen musste. Hinten in der Ecke sah ich Guido von zwei hübschen Mädchen umringt. Er tat so, als könnte er den beiden die ganze Welt erklären. Ich tat, was ich tun musste, ging auf ihn zu und lallte: „Hey, du Idiot." Im gleichen Augenblick wollte ich einen rechten Haken oder so etwas Ähnliches landen, um ihn empfindlich zu treffen, doch er wich nur kurz zurück, so, als sei meine Faust eine Fliege, die ihn an einem lauen Sommernachmittag nicht beim Kuchenessen stören kann.

Doch von wegen Fliege! Ich kippte mit meinen 80 Kilo über eine Bank, und landete auf lauter Körperteilen, die allesamt nicht zum Abfedern eines Sturzes geeignet waren. Nun konnte ich die Welt von ganz unten sehen. So muss es in der zweiten Liga sein, dachte ich kurz, dann entdeckte ich einen weggeworfenen Express neben mir. Ich erkannte nicht mehr viel, nur noch in einer Schlagzeile das Wort „Hooligan". Schnell legte ich noch die Beziehung zwischen Musik und Fußball zu den Akten, dann fielen mir die Augen zu, und ich schlief ein.

Stefan Barta

Piss-Pott und drei Ecken, ein Elfer

„Wer wählt?"

„Hefe und Amboss!"

„Ne, Stan und Hefe!"

„Ne, Stan und Mini!"

„Okay, Stan und Mini!" Mit Stan und Mini einigten wir uns auch an diesem Nachmittag wieder auf unsere „Stars" der Wagnerstraße. Stan, der eigentlich Jörg hieß, erinnerte mit seinen Dribblings an Libuda, und Mini war eigentlich nicht schlechter. Weil er schon immer der Kleinste in seiner Klasse war, gab im sein Klassenlehrer irgendwann den Spitznamen Mini. Hefe war dagegen für sein Alter ein wenig zu groß und sein Vater dazu noch Bäcker. Dennoch war Hefe sicher kein schlechter Fußballer. Amboss, der eigentlich Michael hieß, war durch seine unbarmherzige Art der Verteidigung zu seinem Spitznamen gekommen.

Üblicherweise wählten immer die zwei vermeintlich stärksten Spieler. Wir standen auf unserer Wiese und bestimmten jeden Nachmittag aufs Neue unsere beiden Wähler. Wir, das war eine Gruppe Kinder aus unserem Viertel, im Alter von sieben bis vierzehn Jahren, die sich immer zum Bolzen auf der Wiese am Kiosk an der Wagnerstraße traf. Doch eigentlich war hier gar keine Wiese mehr. Durch unsere tägliche Beanspruchung konnte man kaum noch grüne Stellen erkennen. Nur in der Mitte und an den Rändern, da, wo der Ball am wenigsten umkämpft wurde, konnte man überhaupt noch durch kleine grüne Flecken erahnen, dass hier mal etwas wuchs. Der Rest war brauner, durch die Sonnenhitze oft staubiger, unebener Lehmboden, auf dem sich an Regentagen an zwei Stellen in den Toren kleine Pfützen bildeten, die im Spätherbst ständiger Begleiter der Torhüter waren. Hier trafen wir uns tagein tagaus zum Bolzen.

Fast immer waren genügend Spieler da, um zwei Mannschaften von drei bis fünf Spielern zu bilden. Doch bevor wir anfangen konnten, mussten wir zwei möglichst gleichstarke Mannschaften wählen. Das Wählen der Mannschaften ging seit Generationen mit „Piss-Pott", ohne „Halbe" und ohne „Spitze", über die Bühne. Die Regeln waren dabei denkbar einfach. Die beiden Spieler, die nach anfänglicher Diskussion von allen als „die Wähler" auserkoren worden waren, standen sich gegenüber und setzten abwechselnd immer einen Fuß vor den anderen. So bewegten sie sich langsam aufeinander zu. Und wer seinen einen Fuß nicht mehr ganz zwischen seinen eigenen und den des anderen Kindes setzen konnte, ohne diesen zu berühren, hatte verloren. „Halbe" und „Spitze" bedeuteten dabei die Spielvarianten der quer- und hochgestellten Füße, wenn kein Platz mehr für einen ganzen Fuß vorhanden war. Doch diese spielten wir nur selten. Der Gewinner durfte dann anfangen, zu wählen.

„Piss", sagte einer der Wähler mit kindlicher Stimme, während er einen Fuß nach vorne setzte. „Pott", erwiderte der andere, die gleiche Bewegung ausführend.

„Piss",

„Pott",

„Piss",

„Pott",

„Piss",

„Pott", entgegneten sie sich. Je nachdem, wie weit sie auseinanderstanden, dauerte die Prozedur mal länger, mal kürzer, bis einer gewonnen hatte und strahlend für einen kurzen Moment überlegte. Dann, obwohl er schon längst wusste, wer in seiner Mannschaft spielen sollte, wählte er diesen durch kurzes, unbetontes Nennen des Namens in sein Team: „Amboss!“

„Mini und Katsche“, bestimmte der unterlegene Wähler zwei Spieler in seine Mannschaft, wie es die Piss-Pott-Regel vorsah. Dann ging es abwechselnd weiter, bis alle Spieler gewählt waren.

So hofften wir, und wahrscheinlich auch schon Generationen von Kindern in tausenden von Siedlungen landesweit vor uns, zwei gleichstarke Mannschaften zu bekommen, um gegeneinander Fußball zu spielen. Und es funktionierte. Zuerst wurden die vermeintlich besten Spieler, die oft auch die ältesten und somit körperlich überlegenen waren, gewählt, dann nach und nach die anderen, bis zum Schluss noch die von uns übrig waren, die keiner so richtig in seiner Mannschaft haben wollte. Die Kinder, die zu klein oder zu dick waren und dadurch zweikampfschwächer und langsamer oder technisch unversierter. Doch zum Glück brauchte jede Mannschaft noch einen Torwart, denn dafür waren diese Spieler gerade gut genug. So bekamen auch sie jeden Nachmittag erneut eine Chance, im Mittelpunkt auf unserem Bolzplatz an der Wagnerstraße zu stehen.

Wer sagt, dass die heutige Bundesliga schnelllebig sei, der hat seine Jugend nicht auf Bolzplätzen verbracht. Denn nirgendwo konnte sich je ein Spieler schneller nach „oben“ und somit ins Interesse der Wähler spielen als bei unserem nachmittäglichen Kicken. Ein gekonntes Dribbling durch fünf Gegenspieler, ein Fallrückzieher à la Klaus Fischer oder eine Grätsche, wie man sie eigentlich nur von Katsche Schwarzenbeck kannte, und es konnte sein, dass man am nächsten Nachmittag schon einen Platz in der Gunst der Wähler nach vorne gerutscht war. Man ersetze Wähler durch

Manager und Piss-Pott durch das Annähern der verhandelbaren Ablösesummen der heutigen Bundesliga und man weiß, wovon wir träumten und wie wir uns fühlten. Für mich als neunjährigen Knirps war es wunderbar, nicht mehr als Letzter gewählt zu werden und somit ein kleines bisschen mehr Objekt der Begierde der wählenden Manager unserer Siedlung zu sein.

Ich genoss die Aufmerksamkeit, die mir entgegengebracht wurde, und versuchte, diese durch noch mehr Kampf- und Laufbereitschaft zu rechtfertigen. Und ich feilte an meiner Technik. Ich versuchte, so oft es die Zeit zuließ, meinen Lederball auf meinem Fuß hüpfen zu lassen, ohne dass er den Boden berührte. Doch viel öfter als drei-, viermal gelang mir das selten. Zu ungestüm war ich, zu wenig Ballgefühl hatte ich, und der Ball versprang schon nach ein, zwei Berührungen so, dass er unerreichbar wurde. Doch mein Ehrgeiz, endlich für meine Mannschaft auch mal einen Elfer schießen zu dürfen, der nicht nur zum 7:0 führte, sondern zum entscheidenden 10:9, ließ mich weiter und weiter trainieren. Trainieren, um in der Gunst der Manager, die nicht nur wählen durften, sondern auch bestimmen konnten, wer den Elfer schießt, zu steigen.

Elfer gab es viele. Wir hatten zwar keinen Schiedsrichter, aber meistens waren die Fouls so klar, dass es keine oder nur wenige Diskussionen gab. Und in strittigen Situationen hatten wir ja noch unsere Wähler in wechselnder Funktion als Manager und, in solchen Augenblicken, Mannschafts- und Wortführer. Doch auch nach drei Ecken, die aufgrund der geringen und ungleichmäßigen Größe des Platzes nicht ausgeführt wurden, gab es einen Elfmeter. Drei Ecken, ein Elfer.

Mit großen Schritten wurden die Tore abgemessen, mal drei Meter, mal vier Meter. Als Pfosten diente uns dabei auf der einen Seite des Platzes ein Baum, was nicht ganz günstig war, weil dieser in der Mitte des Platzes stand und somit das Tor entweder näher zur einen oder zur anderen Seite der Seitenlinie stand. Das gegenüberliegende Tor platzierten wir aber in der Mitte der gedachten Torauslinie und spielten so immer etwas diagonal. Die drei anderen Torstangen wurden aus unseren Jacken gebaut. Wir spielten, bis eine der beiden Mannschaften fünf oder aber zehn Tore erzielt hatte. Wer also zuerst die abgemachte Anzahl an Toren geschossen hatte, hatte gewonnen. Dann war Seitenwechsel. Damit es gerecht zuging, musste jede Mannschaft auf dem leicht abschüssigen Platz mal „berghoch“ und mal „bergab“ spielen.

Alles in allem waren die Grundvoraussetzungen für ein Fußballspiel sicherlich nicht optimal, aber wir spielten gerne auf unserer Wiese, von der wir uns auch von der Bande aus der Vogelstraße nicht vertreiben ließen. Im Gegenteil, sie kamen uns oft recht. Denn dadurch, dass sie sich regelmäßig blicken ließen und Ärger anfingen und somit ihr Ruf nicht der beste war, konnten wir ihnen so manch eingeschossene Scheibe der Telefonzelle, die sich genau hinter dem Baum-Pfosten befand, andichten: „Nein, wir haben sie nicht kaputtgeschossen, das muss die Vogel-Bande gewesen sein. Ist denn kein Stein zu finden?“ Doch, es war einer zu finden – weil wir ihn hineingelegt hatten, bevor wir weiterspielten.

Wenn wir im Sommer dann völlig ausgepowert, nach drei oder vier Spielen verschwitzt und staubig klebend, uns für eine kurze Verschnaufpause entschieden, gingen wir zu unserem Kiosk, um Wassereis für zehn Pfennig, also umgerechnet fünf Cent, zu kaufen. Wir setzten uns in den Schatten unter unserem Pfosten-Baum und diskutierten noch mal über den letzten Elfer, wer als Nächstes wählen sollte und ob Schalke besser ist als Gladbach. Und wenn wir unser Eis aufgegessen hatten wählten wir aufs Neue zwei Mannschaften. Piss – Pott, Piss – Pott…

Daniela Schulz

Frau Riedle-Bein und die Attacke der Samba-Girls

Wenn ich Joana Machado wäre, hätte ich auch mit den Schultern gezuckt. Was kann ich dafür, wenn mein Exfreund tagelang untertaucht, um mit seiner alten Gang ein paar Bierchen zu zischen? Wäre er nicht immer so eifersüchtig gewesen, hätte ich auch nicht Schluss gemacht. Nicht mein Problem, wenn ihn sein Arbeitgeber Inter Mailand in den Straßen von Rio suchen muss. Ich bin schließlich Sambakönigin. Ich muss mich um meinen eigenen Kram kümmern.

Okay, ich bin nicht Joana und habe auch keinen Ex-Freund, der Adriano heißt und Stürmerstar bei Inter ist. Ich liebe diese Randgeschichten trotzdem, die der Fußball so schreibt. Ob Ballacks weißer Ferrari, Zoff im Hause Beckham oder eben Adrianos Liebeskummer. Her mit dem Fußballklatsch! Ich kann davon gar nicht genug bekommen. Joana scheint jedenfalls eine echte Plaudertasche zu sein. Köstlich! Die hätte ihrem Ex beinahe noch ein Drogenproblem an den Hals geredet. Von wegen, dass Drogen in Adrianos Favela ja zum Alltag gehörten und er das alles seit seiner Kindheit kenne. Und dann ist ihr wohl aufgefallen, was sie da für einen Unsinn von sich gibt, und hat noch mal schnell die Kurve gekriegt: Adrianos einziges Laster sei das Bier! Ach was…

Irgendwie hat das alles ein bisschen was von *Footballers' Wives* oder *Reich und schön.* Perfekter Stoff für Gossip Girls wie mich, die solche Storys genauso genießen wie jeden Spielbericht, jedes Live-Erlebnis im Stadion, jeden Fußballabend vor dem Fernseher.

Das war schon immer so. Schon mit 13 haben meine Freundinnen und mich die Fußballer und ihre Geschichten genauso interessiert wie das Spiel an sich.

Das Highlight der Sommerferien damals war immer das Erscheinen des neuen *kicker*-Sonderhefts: die „Bibel" für eine ganze spannende Bundesligasaison. Meine Freundinnen und ich haben es stundenlang studiert, Tabellen gelesen, Geburtstage der Spieler auswendig gelernt, die Zu- und Abgänge der Vereine überprüft. In den Ferien hatte man schließlich massig Zeit dafür. Wir saßen dann auf meinem Bett, den Rücken an die Wand gelehnt, das Heft auf den Knien und kicherten um die Wette. Erst kamen die Statistiken dran. Die interessierten aber nur peripher. Wir kümmerten uns lieber um die Mannschaftsfotos, die unserem Kennerinnenblick standhalten mussten. Welches Team hat die hübschesten Spieler? Eine Frage, die aus Teenie-Sicht ganz entscheidend war und *auch* ein Gesichtspunkt, unter dem man das *kicker*-Sonderheft lesen kann, was manchen Männern wahrscheinlich gar nicht so bewusst ist.

Schnell hatte man aus jedem Team seine persönlichen Favoriten herausgefiltert. Es wurden Punkte vergeben und Listen erstellt. Borussia Dortmund schnitt dabei immer hervorragend ab, weil die solche Schnuffis wie Flemming Povlsen, Stefan Klos und Lars Ricken in ihren Reihen hatten. Die kamen bei Zahnspangenträgerinnen immer gut an. Braune Locken oder blonde Strubbelhaare, verschmitztes Lachen. Perfekt, weil smart. Dortmund hatte es echt raus. Ziemlich bitter dagegen traf es meistens Hansa Rostock, für die wenig bis gar keine Sympathie übrig blieb – weil die Spieler dort Anfang der Neunziger fast alle Vokuhila-Frisuren trugen und Typen wie Juri Schlünz und Olaf Bodden eher nicht so unseren Teenie-Idealen entsprachen.

Meine beste Freundin war da allerdings anders. Sie war hin und her gerissen. Eigentlich war sie ja Kalle-Riedle-Fan, aber irgendwie fehlte dem Karl-Heinz wohl noch ein bisschen Ausstrahlung, Sex-Appeal oder so was. Auch wenn wir damals noch nicht wussten, was das heißt. Er bediente nur einen bestimmten Teil ihrer Märchenprinzträume. Also guckte sie noch mal alle Fotos durch und suchte sich einen zweiten Helden aus. Bei Eintracht Frankfurt. Uwe Bein. Ich weiß noch genau, dass ich sie deswegen sehr schief anguckte, weil das doch eine sehr merkwürdige Wahl war, wegen des Schnauzbartes und weil er schon so alt war. Aber meine Freundin bestand darauf: Uwe Bein. Der und kein anderer. Weil so jede von uns ihren Favoriten hatte, fingen wir an, uns mit dem jeweiligen Nachnamen anzureden. Ich war natürlich „Frau Illgner", daneben gab es „Frau Matthäus", „Frau Gaudino", „Frau Zorc" und es gab „Frau Riedle-Bein". Wahrscheinlich die weltweit einzige Spielerfrau mit einem Doppelnamen...

Aber solche Rollenspiele waren nicht der einzige Quatsch, den wir veranstaltet haben. Während der WM '90 sind wir in Papiercontainer geklettert, um Zeitschriften herauszufischen, um so an noch mehr Bilder und Berichte über unsere Helden zu gelangen. Wir haben immer wieder bei Herrn Günther Illgner in Bonn angerufen, weil wir damals glaubten, dass das der Vater von Bodo sein müsse. Wir haben vor Bodos Haus in Frechen-Königsdorf herumgelungert, Fotos gemacht und uns über die Bärchen-Fußmatte kaputtgelacht, die vor der Tür lag. Das alles war wichtig. Mindestens so wichtig wie die Dauerkarte fürs Stadion, Spielberichte auf VHS-Kassetten zu archivieren und einmal im Leben einen Fanschal selbst zu stricken. In Ringeloptik, versteht sich.

Wenn man der *Welt am Sonntag* glauben darf, dann waren wir mit unserer Fußballliebe damals relativ allein auf weiter Flur. Nach deren Recherchen sollen sich in den neunziger Jahren lediglich 20 bis 25 Prozent der Frauen für Fußball interessiert haben. Ich will nicht wissen, wie wenige von denen wiederum bereit waren, ihr Leben wegen ein paar Zeitungsschnipseln an einem Papiercontainer zu lassen. Und doch: Für mich war der Fußball immer schon Pop. Die anderen gingen zu Take That, ich in die Südkurve.

Ich finde es deshalb amüsant, wenn die *Frankfurter Rundschau* angesichts der vielen „fröhlichen Frauen beim Fußball" wie bei der WM 2006 plötzlich von „Endzeitstimmung" redet, von der Samba-Girlisierung des Weltfußballs, von einer „Feminale" statt einer „Mundiale". Wie Heuschrecken seien die Frauen in ehemalige No-Go-Areas eingefallen. Wie schrecklich! Und an allem sind natürlich diese ganzen Beckhams, Cannavaros und Cristiano Ronaldos schuld, die nur den Rasen betreten müssen, schon geht das Gekreische los. Stimmt ja gar nicht. Frauen kreischen im Stadion nur, wenn das, was sie sehen, ihren Augen weh tut: wenn Pässe nicht da ankommen, wo sie sollen. Wenn die Innenverteidigung zum wiederholten Male pennt. Wenn der Ball den Pfosten nur touchiert und leise ins Aus hoppelt. Da hilft ein schöner Hintern auch nicht weiter. Was Fußballer sexy macht, sind Erfolg und Leidenschaft, die Sicherheit, mit der sie mit dem Ball umgehen, und ihre Stärke, wenn sie es schaffen, ihre Mannschaft zum Sieg zu führen. Frauen lieben erfolgreiche und starke Männer, und genau deshalb lieben sie auch den Fußball.

Gut, es gibt Frauen, die an dieser Stelle heftigst den Kopf schütteln und sagen, dass sie *nur* wegen des Spiels zum Fußball gehen. Sie wehren sich vehement gegen das Klischee, als weiblicher Fan auch nur ansatzweise in Verbindung mit knackigen Waden gebracht zu werden. Wenn man dann zugibt, dass man Luca Tonis Körper aber trotzdem hammersexy findet, gilt man unter den Retterinnen der weiblichen Fanehre gleich als Nestbeschmutzerin.

Die Männer machen es einem da leichter. Denen erzählt man natürlich erst mal nicht, dass man mit den Mädels auch Stunden über Lucas Grübchen reden kann. Denen erzählt man von der eigenen Dauerkarte, und dann erntet man erstaunte „Aaahs“ und „Oooohs“. Dann gucken sie einen meistens mit großen Augen an, als sei man eine Außerirdische. Und dann sagen sie so was wie: „Echt?“, oder: „Ist ja ’n Ding!“ Und dann, ja dann beginnt es offenbar in ihren Köpfen zu rotieren, weil sie nicht genau wissen, was sie jetzt davon halten sollen und wo so eine Fußballleidenschaft bei einer Frau wohl herkommt. Und dann fangen sie an, sich selber eine Antwort zurechtzulegen, und wollen einen entweder gleich heiraten oder stellen die Frage aller Fragen: „Spielst du denn auch selber Fußball?“

Ich weiß nicht, warum es die logische Folge des Fan-Seins und Fußball-Guckens sein muss, dass man auch selbst gegen den Ball tritt. *Nein*, ich spiele keinen Fußball. Ich *will* auch gar nicht Fußball spielen. Mir ist der Spaß am Fußball nämlich schon auf dem Schulhof verdorben worden. Da wurde in jeder Pause mit Trinkpäckchen oder Cola-Dosen gekickt, und es gab immer ein fürchterliches Gestochere, bei dem einem schwere Jungenfüße gnadenlos gegen das Schienbein traten und man hinterher von dieser Treterei schmutzige Klamotten hatte. Hat mir nicht gefallen. War mir zu wild. Mir kommt es aber vor, als würde man vor allem Frauen diese Frage nach dem „Selber-Spielen“ stellen. Als ob das die einzige akzeptable Erklärung für eine ausgeprägte Fußballleidenschaft wäre. Verstehe ich nicht. Ich frage doch auch Leute, die ein Jahres-Abo fürs Schauspielhaus haben, nicht, ob sie selber auch Schauspieler sind.

Fußballerin werde ich jedenfalls nicht mehr. Nicht in diesem Leben und bestimmt auch in keinem anderen. Besser ist es aber, das nicht so laut zu sagen, weil es einem als Frau eben schnell als Schwäche ausgelegt wird – zumal, wenn man sich sportjournalistisch betätigt. Mein Chef sagt immer: „Wer nicht selber spielt, hat keine Ahnung.“ Punkt. – Ich habe mich noch nicht getraut, ihn zu fragen, wie es eigentlich so mit seiner Formel-1-Karriere läuft... Irgendwie funktioniert Selber-Spielen als Maßstab für's wahre Fußball-Fan-Sein nämlich nicht. Weil Fußball einfach viel mehr ist als nur ein 90 Minuten langes Ballgetrete. Meine Freundinnen vom FC und ich haben es jedenfalls schon mal geschafft, eine ganze Halbzeit nur über die Haartracht von Markus Pröll zu diskutieren. Klingt nach Klischee, ist aber so. Je nachdem, ob er mit Strähnchen oder einem Wischmob auf dem Kopf auflief, hat das meine Mädels und mich furchtbar beschäftigt, und wir haben überlegt, ob unser Keeper vielleicht gerade eine seelische Krise durchlebt. Und wenn Prölli dann just danebengriff, hatten wir sofort eine Erklärung für das Leistungstief parat: Es hatte sich ja schon in seiner Frisur angekündigt.

Die *Welt am Sonntag* hat mal versucht, zu erklären, was Frauen am Fußball reizt: „Frauen interessieren sich für Tanz und Ausdruck, für Stil und Anmut und für Erotik. David Beckham mit seinen eleganten Qualitäten vereint mehrere solcher Qualitäten. Aber auch das merkwürdige Dribbling von Lionel Messi beeindruckt ebenso wie Carlos Téves' Antritt, obwohl beide keine Schönheiten sind." In dieser Erklärung steckt viel Wahres drin. Beim Fußball ist es wie beim Ballett: Sind die Bewegungen perfekt, macht es besonders viel Spaß, zuzuschauen. Konsequente Ballführung, elegantes „Austanzen" des Gegners – das gefällt *mehr* als Rumpelfußball und Holzfäller-Methoden, das macht Fußball sexy.

Aber nicht nur: Für die Fußballer ist das Spielfeld eine Bühne. Darauf können sie sich präsentieren und sich von ihrer besten Seite zeigen, was sie jedoch nicht immer tun. Und so kommt es, dass ein Spiel manchmal sehr „unsexy" Momente hat, zum Beispiel, wenn dein Lieblingsspieler, der schon per se gut aussieht, dazu noch erfolgreich und durchsetzungsfähig ist, mit Leidenschaft auf den Rasen rotzt! „Igitt", möchte man da rufen, und das Bild des Stars bekommt schon mal einen kleinen, aber nicht unbedeutenden Riss. Die Risse können sogar noch tiefer werden, wenn der Fußballer seine Bühne verlässt. Wenn man ihn dabei beobachtet, wie er sich im privaten Leben danebenbenimmt und sich in Situationen bringt, für die man sich am liebsten fremdschämen möchte: Helden, die sich plötzlich selbst entzaubern – die traurigste Erfahrung für jeden Fan.

Frau Riedle-Bein hat ihre beiden „Männer" Karl-Heinz und Uwe nie kennengelernt, und das ist bestimmt auch besser so. Auch die Samba-Girls dürfen gerne für ihre Fußballgötter schwärmen. Dass sie Hasenzähne bei „normalen" Jungs allerdings so super finden würden, ist definitiv auszuschließen.

Bleibt noch Joana. Die ist jetzt wohl schuld daran, dass Adriano eine Depression entwickelt und seine Karriere aufgibt. Tsss… Ich werde die Geschichte weiter verfolgen. Vor allem interessiert mich, was sie jetzt mit ihrem „Adriano"-Tattoo macht, das sie unter der Achselhöhle trägt. Sind ja nicht mal chinesische Schriftzeichen. Da kann sie dem Nachfolge-Lover nicht mal erzählen, da stünde der Name ihres Haustiers oder „Ich liebe Samba" oder etwas in der Art. Fußballer machen so was ja gern. Die lieben China-Tattoos. Hat den Vorteil, dass sie Freundinnen schneller wechseln können.

Zum Glück gibt es im Internet genügend Portale, die sich inzwischen um „Nebenschauplätze" im Fußball kümmern. Die „Soccergirlz", zwei Bloggerinnen aus Freiburg, haben die Sache unter dem Motto „So sehen's die Mädchen" perfektioniert. Ein Grund, warum ich ihre Website meistens gleich nach *kicker*, Kicktipp und *L'Equipe* anklicke. Erst kommen die Spielberichte und Tabellen, das Tippspiel fürs Wochenende und dann: Haut! Nackte Fußballerhaut! Da wird über Luis Figos Schenkel sinniert und – in der Rubrik „Stell mir vor…" – über den ganz deutlich sichtbaren „Hügel" in Cristiano Ronaldos Hose… Hm. Okay, Jungs, das versteht ihr jetzt nicht. Und das ist gut so. Manchmal ist Fußball eben auch reine Frauensache.

Sascha Theisen

Das Dieter-Müller-Trauma

Es ist Sonntagnachmittag, Viertel nach zwei. Es regnet. „NACH VORNE!“ Ich stehe in Block N des Aachener Tivoli. „N“ wie „Nass“ – „Nass geregnet“. Klar, ich könnte jetzt romantische Abhandlungen verfassen über diesen Block und seine Geschichte. Ich könnte davon schwärmen, dass ich es liebe, mich hier vollregnen zu lassen, während die Typen, die sich Alemannia nennen, direkt vor meinen Augen den Arsch versohlt bekommen. Ich könnte ausschweifen, dass ich es liebe, hier mit Menschen zu stehen, deren Intellekt so wunderbar verschieden ist. „NACH VORNE!“, brüllt einer dieser Typen genau eine Reihe hinter mir – direkt in mein Ohr. „NACH VORNE!“ Der Nach-Vorne-Typ ist nicht nur verbal, sondern auch rein optisch eine Bankrotterklärung. Er ist relativ klein, dafür extrem kräftig, hat blonde Strähnchen, einen Brilli im Ohr und eine Jacke an, auf deren Rücken groß das Wort ROYALITY steht. Natürlich würde ich gerne alles andere tun, als mit diesem Typ das sinnliche Erleben eines Fußballspiels zu teilen. Trotzdem tue ich es, Woche für Woche, Seite an Seite mit einer Handvoll gleich verstrahlter Typen und eben eine Reihe vor dem Nach-Vorne-Typ. Ich schaue mir überwiegend schlechten Fußball an, bei meist schlechtem Wetter, mit überwiegend schmerzfreien Menschen neben, unter und über mir. Was treibt mich an, das zu tun? Es gerade hier zu tun? Um es gleich mal vorwegzunehmen: Ich weiß es nicht. Mehr noch: Ich habe nicht mal einen blassen Schimmer.

Angefangen hat es sicher damit, dass ich als Kind bei großen Spielen immer nur die erste Halbzeit eines Spiels im Fernsehen

sehen durfte und dann sofort ins Bett musste. Klarer Fall von Anfixen. Coitus interruptus. Ihn rausziehen, bevor es losgeht. Kein Zweifel: Ein Kind in der Halbzeit eines Fußballspiels ins Bett zu schicken, ist die wirksamste Methode, es süchtig zu machen – dafür zu sorgen, dass es später jede gesellschaftliche Verpflichtung für ein mittelmäßiges Zweitligaspiel sausen lässt, dafür zu sorgen, dass es später einmal die genaue Torfolge sämtlicher WM-Spiele seit 1966 mit Spielminute, Torschütze und Zuschauerzahl runterbeten kann wie nichts, während es aber gleichzeitig regelmäßig fragt, ob wohl gerade ein Wochentag ist. Es ist die Methode, die dazu führt, dass sich eigentlich intelligente Männer schon im jüngsten Alter mit Haut und Haaren Fußballstars verschreiben, die im normalen Leben wahrscheinlich nicht einmal für den Hauptschulabschluss in Frage kämen. Und genau da sind wir beim Kern der Sache: Es geht um Sozialisation, die eben damit beginnt, dass Menschen wie ich in der Halbzeit ins Bett müssen. Denn eins ist mal klar: Ich bin mit diesem Knall nicht allein. Es gibt tausende anderer, die den Gong genauso wenig gehört haben wie ich. Wir sind so viele, dass man uns gar nicht mehr zählen kann, und wir haben Gemeinsamkeiten, an denen man uns erkennt. Jeder von uns hat sich zum Beispiel einem ganz besonderen Fußballprofi-Hammerwerfer verschrieben. Jeder von uns hat einen speziellen Freund – einen Buddy. Meist einen Stürmer, über den wir nächtelang erzählen können. Jeder, der einmal in der Hammond Bar im Kölner Süden in Richtung Toilette gegangen ist, weiß, was ich meine.

In meinem Leben waren es gleich drei solcher Protagonisten, die erklären, was da eigentlich mit mir passiert ist. Drei Stürmer, von denen zwei daran schuld sind, dass ich etwa nie Fan des 1. FC Köln, dem Verein meiner Eltern, und stattdessen erstaunlich lange Anhänger des FC Bayern München wurde. Drei Stürmer, von denen einer sich selbst geboren und so nachhaltig in mich eingebrannt hat, dass ich mich manchmal frage, ob ich nicht vielleicht doch mal zum Arzt muss. Doch der Reihe nach.

I. Der Sechs-Tore-Mann und die Ganzkopfmütze

Dieter Müller hält immer noch einen einsamen Bundesligarekord: sechs Tore in einem Spiel. Ein Rekord aus den späten Siebzigern – einer Zeit, als Ilja Richter im Fernsehen eine Musiksendung hatte, die *Disco* hieß und in der er solche Hitgiganten wie die Goombay Dance Band, Boney M oder Bernie Paul anmoderierte: „Licht aus! Spot an!“ Was heute eher peinlich klingt, war in der großen Zeit Ilja Richters ein Satz mit einer Strahlkraft, die schöne Frauen reihenweise auf die Matratze legte. Ein Satz, mit dem man Punktsiege landete. Ein Satz für Typen wie Dieter Müller, der Mittelstürmer des 1. FC Köln, der Bundesligarekorde für die Ewigkeit aufstellte.

Doch nicht alles war so cool wie Ilja Richter und seine Gäste in den späten Siebzigern. Bitter mussten das damals heranwachsende Kinder erfahren. Denn auch wenn die Goombay Dance Band so aussah, als hätten sich sämtliche Bandmitglieder komplett mit Pattex eingecremt und anschließend durch einen Berg von schrillen Klamotten gerollt, mussten die Kinder der Siebziger und Achtziger teilweise beschämende Aufzüge tragen. Bunte Cordhosen, Hosenträger mit dem amerikanischen Sternenbanner als Muster und kratzende Rollkragenpullis entstellten die Kinder einer ganzen Generation. Aber all das war noch gar nichts, denn: Der Gipfel waren die Mützen – sogenannte „Ganzkopfmützen mit Luke“. Jeder, der heute Mitte dreißig oder etwas älter ist, musste sich solche Mützen in Kindertagen über den Kopf stülpen, ob er nun wollte oder nicht. Die Ganzkopfmützen hatten exakt die gleiche Passform wie Brandschutzmützen, die Formel-1-Fahrer seit Niki Laudas Unfall am Nürburgring unter ihren Helmen tragen. Einziger Unterschied zu damals: Es war uns leider nie vergönnt, einen Helm darüber zu tragen. Die Teile waren aus dicker, kratzender Wolle und sahen so bescheuert aus, dass man noch so laut „Licht aus! Spot an!“ rufen konnte. Die Mädchen unserer Generation beeindruckte man mit diesen Teilen jedenfalls nicht – egal, wie gut man Ilja Richter oder die Goombay Dance Band imitieren konnte. Und als wäre das nicht genug, waren sie auch noch als funktionale Wendemützen angelegt. Das bedeutete: Sie ließen sich auf beiden Seiten, in zwei unterschiedlichen Farben tragen. Meist waren die Farbkombinationen so zusammengestellt, dass der Verdacht nahe lag, Jupp Derwall selbst hätte sie gemeinsam mit Hermann Neuberger bei einem Gläschen Kirschlikör entworfen. Als armer Träger der Mütze wechselte man sie beispielsweise von Hellbraun auf Dunkelbraun. Gern auch von Hellrot auf Dunkelgrün. Oder von Beige auf Gelb.

Was das alles mit Fußball zu tun hat? Nichts und doch eine ganze Menge! Denn in jenen Tagen besuchte ich mit meinem Vater regelmäßig das Training des 1. FC Köln am Geißbockheim mitten im Stadtwald Kölns. Trainer war damals noch ein gewisser Hennes Weisweiler, im Tor stand Harald „Toni“ Schumacher, im Mittelfeld drehte ein junges Talent namens Pierre Littbarski unnachahmliche Pirouetten, und im Sturm traf eben Mittelstürmer Dieter Müller nach Belieben. Ich selbst befand mich damals noch in der Findungsphase, was meinen Fußballverein anging, und es fehlte nicht viel und ich wäre Fan des 1. FC Köln geworden. Natürlich gehörte es dazu, im Anschluss an das Training Fotos mit den Stars zu machen und Autogramme zu sammeln. Ein Dieter Müller war drei Littbarskis wert und ein Weisweiler vier Dieter Müllers.

So auch an jenem Dienstag 1977, als ich wieder mit meinem Vater am Geißbockheim stand und auf Dieter Müller wartete, der seinen Körper noch mit *Doppeldusch*, der Revolution unter den

Duschgels der Siebziger, einrieb. Schließlich kam er aber doch, der Mann, der in einem Spiel sechs Tore geschossen hatte. Alle Kinder – so auch ich – rannten auf ihn zu, in der Hoffnung, ein Autogramm zu ergattern. Bis dahin alles auch nicht weiter schlimm, hätte meine Mutter es ein paar Stunden vorher nicht zur Bedingung für den Trip nach Köln gemacht, eine Ganzkopfmütze mit Luke anzuziehen – Farbkombination: außen rot, innen braun. Natürlich hatte ich mich dagegen gewährt, den Kampf aber nach zahlreichen Tränen verloren. So rannte ich also mit einer Ganzkopfmütze über dem Scheitel Richtung Dieter Müller, des Mannes, der in einem einzigen Spiel sechs Tore geschossen hatte. Dort angekommen, zeigte Dieter Müller die ganze Sozialkompetenz eines tumben Fußballprofis. Obwohl ich in dritter oder vierter Reihe stand, drückte er die gesamte Runde von ca. 40 Kindern beiseite und richtete das Wort an mich. Ich zitterte, wurde leichenblass. Und dann sagte er es: „Na, du Klops. Schöne Mütze!" Und etwa mit der gleichen Eleganz, wie er sonst in Müngersdorf einnetzte, schob er mir meine Ganzkopfmütze über den ganzen Kopf ins Gesicht und lachte spöttisch. Was für eine beispiellose Demütigung. Alle lachten – natürlich lachten alle, wenn der Sechs-Tore-Mann einen Witz machte, auch wenn dieser auf Kosten eines Siebenjährigen ging. Sechs Tore in einem Spiel, aber ein Feingefühl, bei dem selbst Klaus Kinski Reißaus genommen hätte. Zwei Tage und zwei Nächte weinte ich mich durchs Leben. Der 1. FC Köln war jedenfalls für mich erledigt. Da konnte Pierre Littbarski noch so schöne Pirouetten drehen. Dieter Müller hatte mich auf dem Gewissen. Das Dieter-Müller-Trauma nahm seinen Lauf. Und: Ganzkörpermützen zog ich nie wieder an.

II. Sexy knees in der Deutschen Bank

Over in West Germany there's a football player with sexy knees. With sexy knees? With sexy knees! Talking 'bout a man with sexy knees.

Karl-Heinz Rummenigge, what a man. Rumenigge, Rummenigge, I'm a fan.
Karl-Heinz Rummenigge, he's so strong. Rummenigge. Rummenigge –
all night long. Rummenigge, Rummenigge, all night long.

He's so tall. He's so blond. Two long legs. But all beyond.
First he traps the ball – and then? Karl-Heinz Rummenigge puts it in, puts it in, puts it in. Karl-Heinz Rummenigge puts it in.

Karl-Heinz Rummenigge, what a man. Rummenigge, Rummenigge, I'm a fan.
Karl-Heinz Rummenigge, he's so strong. Rummenigge. Rummenigge –
all night long. Rummenigge, Rummenigge, all night long.

What a player. What a sport. He's the cutest thing in shorts.
What's the secret, what's the trick? He's got such a lovely kick!
Oh what a lovely, lovely kick. Oh what a lovely, lovely kick. Oh what a lovely, lovely kick.

Karl-Heinz Rummenigge, what a man. Rummenigge, Rummenigge I'm a fan.

Sie waren so etwas wie der Prototyp eines One-Hit-Wonder. Ein englisches Ehepaar namens Alan & Denise warf Mitte der Achtziger – nachdem Karl-Heinz Rummenigge in Wembley zwei Tore gegen England geschossen hatte – einen Song auf den Markt, der dem deutschen Nationalmannschaftskapitän gewidmet war. Denise stand auf Rummenigges lange Beine und ließ das durch den Song jeden wissen, der es hören wollte. Ich hatte diese Platte bereits einen Tag, nachdem sie herausgekommen war.

JA – ICH WAR FAN VON KARL-HEINZ RUMMENIGGE!

Was wahr ist, muss wahr bleiben:

JA – ICH WAR FAN VON KARL-HEINZ RUMMENIGGE!

Karl-Heinz Rummenigge war so etwas wie der erste Popstar der Bundesliga – auch ohne Alan & Denise. Er war ein Popstar, den der Boulevard liebevoll „Kalle" nannte. Kalle, der Popstar! Ich hätte es besser wissen müssen. Ein Popstar mit einem Namen, der so offensichtlich nicht der eines Popstars war – da konnte etwas nicht stimmen.

Aber: Ich war nicht allein. Alan & Denise hielten sich sechs Wochen in den Charts. Mehr noch: Die Jugendzeitschrift *BRAVO* zeichnete Kalle seinerzeit Jahr für Jahr mit dem Gold-Otto aus. Der Gold-Otto war damals das höchste der Gefühle. Und nur die Mitglieder von Dschingis Khan räumten in den Achtzigern mehr Gold-Ottos ab als Karl-Heinz Rummenigge. Da der Preisträger des Gold-Ottos von den *BRAVO*-Lesern selbst gewählt wurde, war klar: Es gab zahlreiche Fans von Karl-Heinz Rummenigge. Um es noch deutlicher zu sagen: In den Achtzigern gab es mehr Karl-Heinz-Rummenigge-Fans als Gegner von Mittelstreckenraketen oder Flugzeug-Startbahnen.

Und dieser Karl-Heinz Rummenigge kam – kurz nachdem mich Dieter Müller am Geißbockheim im Kölner Stadtwald auf so einzigartige Weise gedemütigt hatte – zu einer Autogrammstunde in meine Heimatstadt Düren in die dortige Filiale der Deutschen Bank. In der Martin-Luther-Grundschule gab es kein anderes Thema mehr, und ich nervte meinen Vater Wochen im Voraus, an diesem Tag auf jeden Fall pünktlich von der Arbeit zu kommen, damit wir rechtzeitig vor Ort sein würden. Er kam auch pünktlich um vier nach Hause – Rummenigge sollte um sechs Uhr in der Filiale erscheinen. Doch als wir ankamen, war nicht nur halb, sondern definitiv ganz Düren auf den Beinen. Man musste kein besonderes Genie sein, um festzustellen: Hier gab es kein Reinkommen mehr. Wieder weinte ich bittere Tränen der Enttäuschung. Mein Vater wusste: Ein zweites Dieter-Müller-Trauma würde er seinem Sohn nicht zumuten können. Also nahm er mich an die Hand und suchte den Weg in die Deutsche Bank beherzt über die Tiefgarage. Vorbei an viel zu großen Autos schlichen wir in Richtung Karl-Heinz Rummenigge. Und – was man in einer Bank niemals für möglich gehalten hätte: Es klappte! Mit einem Mal standen wir direkt vor Karl-Heinz Rummenigge, dem Kapitän der deutschen Nationalmannschaft, dem Mann, dem Alan & Denise ein ganzes Lied gewidmet hatten. Mir blieb die Spucke weg. Hatte ich in der Schule noch lauthals getönt, was ich ihm alles an Honig um den Bart schmieren würde, wenn ich ihm begegnete, drückte ich mich nun gegen das Bein meines Vaters, schaute extrem verschüchtert zu ihm hoch und hielt gepflegt meinen Mund. Und dann schien alles zu Ende, noch bevor es richtig begonnen hatte: Karl-Heinz Rummenigge verabschiedete sich und suchte den Weg Richtung Ausgang. Wieder stiegen mir Tränen in die Augen und ein zweites Dieter-Müller-Desaster schien sich anzukündigen. Doch dann zeigte sich, wer die wahren Helden im Leben eines Kindes sind. Auf einmal erhob sich eine Stimme, die sich entschieden und laut an Rummenigge richtete: „Herr Rummenigge, Sie gehen jetzt nicht!

Wir warten hier schon seit zwei Stunden, und Sie gehen hier nicht weg, ohne meinem Jungen ein Autogramm zu geben!“ Mein Vater hatte gesprochen – klar, präzise und unmissverständlich. Sicher, ich hatte solche Ansagen schon öfter gehört – etwa, wenn ich auf dem frisch eingesäten Rasen in unserem Garten abwechselnd eine Todesgrätsche und einen spektakulären Seitfallzieher einstudierte. Aber das entsprach halt unserem rituellem Beziehungsmuster, das durch unsere Vater-Sohn-Beziehung klar vorgegeben war. *Das* hier war aber kein Geringerer als Karl-Heinz Rummenigge, Rekord-Gewinner des Gold-Ottos, die eine Hälfte der *BILD*-Schlagzeile Breitnigge, der Kapitän der deutschen Nationalmannschaft. Hallo!? Dem konnte mein alter Herr doch nicht so kommen – konnte er doch! Vielleicht war es ja kein Nachteil, dass er nie von einem Preis namens Gold-Otto auch nur gehört hatte. Jedenfalls verfehlte der Satz seine Wirkung nicht. Ich merkte schnell, dass nicht nur ich meinem Vater gehorchte, sondern auch Karl-Heinz Rummenigge. Denn der kuschte umgehend und entschuldigte sich bei meinem Vater. Völlig verschüchtert hielt ich ihm mein mitgebrachtes Poster hin und wartete auf die Unterschrift des Mannes, der ganz offensichtlich die Hosen voll hatte, weil mein alter Herr ihm gesagt hatte, wo der Frosch die Locken trägt.

Doch einen Haken hatte das Schicksal noch für mich parat: Der Edding war leer. Nun konnte auch mein Vater nichts mehr machen. Rummenigge gewann wieder an Sicherheit. „Jetzt haben Sie so lange gewartet, dass sogar der Stift leer ist“, sagte er wieder etwas frecher in seine Richtung, unterschrieb mit dem Kugelschreiber des Filialleiters und verschwand mit dem Aufzug in die Tiefgarage. Klarer Fall: Auch der FC Bayern hatte verloren. Nicht, weil ich ihn etwa als besonders arrogant oder großspurig empfunden hätte. Nein, er hatte verloren, weil ein Filzstift nicht funktionierte und weil ihr bester Spieler vor meinem Papa kuschte.

III. Der Krohm

Der Mann, der da stand, war einer jener Männer, die sich selbst gebären. Der Mann, der da stand, dirigierte circa 9.000 andere Männer, die größtenteils betrunken waren. Sie jubelten dem Mann zu, dem Mann, der sich selbst geboren hatte. Und wie er da stand, auf dem Rasen des ehemaligen Ulrich-Haberland-Stadions in Leverkusen: in einem gelben Trikot mit gezackten Schattenstreifen und dem Schriftzug „Hannen Alt" auf der Brust. Er hielt eine Eckfahne in der rechten Hand, die er prachtvoll in Richtung Fankurve schwenkte. Keine Frage – wenn es je einen homoerotischen Moment in meinem Leben gegeben hatte, dann war es dieser. Ich wollte mit diesem Mann schlafen, wollte schlafen mit Mario Krohm. Was war passiert? Mario Krohm hatte gegen die zweite Mannschaft von Bayer Leverkusen ein Tor geschossen – in einem Spiel, das mehr als das Leben selbst bedeutete. Es war ein Spiel, das die Weichen dafür stellte, dass Alemannia Aachen schließlich nach elf Jahren beinharter Regionalliga den Aufstieg in die zweite Liga schaffte. Ein Moment, den Captain Kirk den Nexus nennt. Wenn endlich jemand mal das Holodeck erfindet, dann – so viel ist klar – wird dies der Moment sein, zu dem ich als Erstes reise. Computer – Mario Krohm, April 1999, Leverkusen. Programm starten!

Manchmal kann man Außenstehenden nicht erklären, warum man seine Gunst ausgerechnet einem einzigen und nur diesem Spieler schenkt. Bei Karl-Heinz Rummenigge und Dieter Müller lag der Fall klar auf der Hand: mehrfache Nationalspieler, die regelmäßig das „Tor des Monats" schossen und dann gemeinsam mit Addi Furler, Ernst Huberty oder Klaus Schwartze drei Postkarten aus einem riesigen Haufen abertausender anderer Postkarten zogen, um den Gewinner mit einer Eintrittskarte für das nächste Länderspiel zu beglücken. Mein Rekord beim Einsenden von Postkarten beim „Tor des Monats" lag seinerzeit übrigens bei

16, die ich teilweise unter meinem Namen oder denen meiner Verwandten abschickte. Ich weiß nicht, wie oft meine alte und trinkfeste Tante Betty erfolglos am „Tor des Monats“ teilgenommen hat, obwohl sich ihr Fußballverstand darauf reduzierte, grundsätzlich jedes Spiel mit einem 2:1-Tipp zu versehen. Gewonnen hat sie beim „Tor des Monats“ genauso wenig wie ich oder irgendein anderer aus meiner Familie – die wir aber alle dafür im Tippen gegen Tante Betty verloren. Aber das ist eine andere Geschichte.

Jedenfalls waren Rummenigge und Müller Stars, die kicken konnten. Das konnte Mario Krohm nicht, und er lernte es auch nie. Mario Krohm hatte zwei Füße wie Flipperhebel. Wenn er den Ball stoppte, bedeutete das, dass er ihn gleich im Anschluss mit einem entschlossenen Drei-Meter-Sprint sichern musste. Wenn er einen Pass spielte, war der eigene Mitspieler oft gezwungen, die Richtung zu antizipieren, um wenigstens ansatzweise eine Chance zu haben, das Leder unfallfrei zu verarbeiten. Wenn Mario Krohm eine Torchance witterte, war sie nicht selten auch schon wieder vorbei. Und trotzdem war er mein Mann, was an Szenen wie der in Leverkusen lag, mit der Eckfahne in der rechten Hand. Oder an Spielen wie gegen Eintracht Trier, als er infamerweise von Trainer Werner Fuchs erstmals auf die harte Ersatzbank verbannt worden war, nicht von Anfang an spielen durfte, dann aber heiß wie Frittenfett ins Spiel kam und das Spiel bei strömendem Regen mit einem Gewaltschuss, den ich ähnlicher Form nie wieder gesehen habe, entschied. Wildfremde Menschen lagen sich damals in den Armen, und ich will nicht ausschließen, dass der Nach-Vorne-Typ in meinen lag.

Auch Momente wie jener in der Dürener Provinzdiskothek Atlantis, wo wir ihn einmal samstags morgens um fünf Uhr trafen, trugen nicht unwesentlich zu meiner Begeisterung für Krohm bei. Dort im Atlantis sprangen wir uns gegenseitig in die Arme, als wir das schmeichelhafte Kunststück fertiggebracht hatten, seiner Frau Pia die Zigarette angezündet zu haben. Hey, wir hatten der Frau von Mario Krohm eine Zigarette angezündet! Wir hatten *der* Frau eine Zigarette angezündet, die Mario Krohm morgens das Müsli und abends die Nudeln servierte! Rock'n'Roll! Was für ein Moment, als wir dann mit Mario Krohm in den Morgenstunden an der vielleicht hässlichsten Theke außerhalb der sächsischen Kleinstadt Freital standen und sein Spiel interpretierten, ihm dabei ein Bier nach dem anderen ausgaben und ihn allen Ernstes fragten: „Mario – was können wir sonst noch für dich tun? Also, außer der Zigarette für Pia?“ Seine Antwort war die eines Fußballprofis und trotzdem beinahe philosophisch: „Ihr müsst mich weiter unterstützen!“ Was für ein Satz! „Ihr müsst mich weiter unterstützen!“ Ich selbst habe mal in einer Fernsehsendung des Kölner Stadtsenders Center TV den denkwürdigen Satz „Carl-Zeiss Jena ist keine Laufkundschaft“ gesagt, aber „Ihr müsst mich weiter unterstützen!“ ist vielleicht das Beste, was ich je im Zusammenhang mit Fußball gehört habe.

Ich weiß nicht, ob er das gesagt hätte, hätte er gewusst, dass wir die Typen waren, die eine ganze WG-Party in Aachen damit zugebracht hatten, vom Telefon der Gastgeberin aus den größten Blech auf seinen Anrufbeantworter zu sprechen. Zu viert saßen wir um das Telefon herum und wählten immer und immer wieder Mario Krohms Nummer, um ihm Dinge aufs Band zu sagen wie: „Mario – du musst den Fußball atmen!“ oder „Mario, du bist für uns eine Religionsperson.“

Viel später spielten wir dann tatsächlich selbst einmal mit Mario Krohm Fußball. Anlässlich meines Junggesellenabschieds kam es zum großen Spiel, und im Sturm spielten gemeinsam Sascha Theisen und Mario Krohm. Die Jungs hatten ihn irgendwie davon überzeugt, und tatsächlich war er gekommen. Wir spielten ein unvergessenes Spiel. Unsere Mannschaft machte zwei Tore – eines Krohm, Vorarbeit Theisen, eines Theisen, Vorarbeit Krohm. Ganz großes Kino.

Ganz großes Kino war auch die Spielszene, als mein bester Kumpel Lars Halbey am Mittelkreis den Ball führte, Mario Krohm von hinten angestürmt kam und ihm, seinem Mitspieler, zurief: „Lass ihn liegen, lass ihn liegen!" Der zuckte, dachte aber wohl, dass der ehemalige Profi einen Plan hätte. Hatte er aber nicht. Denn als Lars „ihn liegen ließ", ballerte Mario Krohm den Ball von der Mittellinie auf direktem Weg und wie an der Schnur gezogen an die rechte Eckfahne.

„Ihr müsst mich weiter unterstütztzen!", hatte er gesagt, und das taten wir – nicht mehr, aber auch nicht weniger. Und rückblickend ist es dieser Satz, der alles erklärt. Jeden Sonntag gehe ich ins Stadion, um Mario Krohm und die, die ihm folgten, weiter zu unterstützen. Ich gehe hin, um den Ganzkopfmützen-Angriff von Dieter Müller zu überwinden, um auch einmal mit meinem Sohn an der Hand den Nationalmannschaftskapitän zusammenzufalten. Und vor allem gehe ich hin, um nicht in der Halbzeit ins Bett zu müssen.

Ben Redelings

Bin bis fünf Uhr früh in meiner Stammkneipe zu erreichen

Ich schlage mit der flachen Hand auf das Lenkrad. Einmal, zweimal. Dann drücke ich meinen Kopf auf das Steuer. Schreien kann ich nicht. Mir würde die Stimme wegbrechen. Ich bin total kraftlos. Ich schließe die Augen und versuche, eine Träne herauszupressen. Doch nichts geschieht.

Ich habe das Auto auf einen Rastplatz gelenkt. Irgendwo zwischen Köln und Bonn. Es nieselt immer noch. Draußen ist es dunkel, und in einer Viertelstunde soll ich in Düren sein. Das schaffe ich jetzt nicht mehr. Ich öffne die Tür, damit ich etwas sehen kann. Das Fahrerlicht leuchtet auf. Der zischende Lärm der Autobahn prallt von mir ab. Ich suche eine Karte. Nichts. Ich wähle Nadines Handynummer und schimpfe wie ein Rohrspatz über alles und jeden. Ich bin froh, dass sie nicht sagt, sie hätte es besser gewusst.

Zusammen mit ihr gehe ich den ausgedruckten Routenplan durch. Am Autobahnkreuz Köln-West muss ich falsch abgebogen sein. Nun bin ich etwa 15 Kilometer in die falsche Richtung gefahren. Ich muss schauen, wie ich zurückkomme, die richtige Ausfahrt nehme und nach Düren gelange. Meine Stimmung, die im Laufe des Tages schon einmal vorsichtig über den Nullpunkt geschaut hat, bewegt sich gerade wieder tief in den dunkelroten Minusbereich. Scheißwetter, auf der Autobahn verfahren, völlig übermüdet, zu Hause wird gefeiert, und ich hocke total genervt 40 Kilometer vor der Weltstadt Düren. Na super.

Ich versuche verzweifelt, Sascha zu erreichen, aber an das Handy des Veranstalters geht niemand ran. Komme ich eben ohne Vorwarnung zu spät. Ist mir im Moment auch egal. Die Sache ist gelaufen. Viel wichtiger sind andere Fragen: Was soll ich an solch einem Abend überhaupt auf der Bühne? Den Menschen, die vor mir sitzen, sagen, was für eine schlechte Laune ich habe? Sie mit meiner depressiven Stimmung runterziehen? Das Leben des freischaffenden Künstlers kann schon hart sein. Ohne einen müden Euro Aufwandsentschädigung 280 Kilometer fahren, eine Party sausen lassen, um dann schlussendlich 15 Minuten zwischen die Hauptattraktionen des Abends gequetscht auf Kommando ein bisschen lustig sein zu müssen: Das ist auch nicht jedermanns Sache.

Ich drehe die Musik laut auf, schüttele meinen Körper kräftig durch und starte den Wagen. Kleinunterhalter Redelings auf dem Weg zu dem wichtigsten Gig seiner Karriere. Drunter mache ich es nicht. Wenigstens versuche ich mir das jetzt die nächsten 30 Minuten einzureden.

Ich verstehe dieses Düren nicht. Einbahnstraßen über Einbahnstraßen. Und die ausgedruckte Karte lässt mich im entscheidenden Moment natürlich auch wieder im Stich. Wahrscheinlich muss man am heimischen Computer zwischendurch wenigstens einmal auf eines der Werbebanner geklickt haben, um eine fehlerfreie Route zu bekommen. Da ich die Werbung immer gleich wegdrücke, habe ich nun den Salat. Und egal, wen ich auch frage, den Veranstaltungsort Brauhaus kennt kein Dürener. Die Straße, an der das liegen soll, haben sie ebenfalls noch nie gehört. Eigentlich wissen sie selbst nicht so genau, wie sie durch diesen Verkehrsdschungel jemals wieder nach Hause kommen sollen.

Als ich den fünften Passanten, schon völlig verzweifelt und kurz vor der kompletten Kapitulation, nach der Adresse frage, erhalte ich wieder nur ein Schulterzucken als Antwort – und eine Gegenfrage: „Kennen Sie denn vielleicht zufällig die Bismarckstraße? Ich bin da heute zum Geburtstag eingeladen und habe mich irgendwie verlaufen!“ Geduldig zeige ich dem älteren Mann mit Hut auf der Karte den Weg zu seiner Feier. Die Bismarckstraße kenne ich mittlerweile wie meine Westentasche. Die bin ich heute schon zweimal langgefahren.

Ich schaue ungläubig auf die beiden Straßenschilder, die rechts von mir an einer Stange befestigt sind. Eines bedeutet Einbahnstraße und das andere Sackgasse. Ich kann da also unmöglich reinfahren. Nie wieder käme ich aus der Straße raus. Aber an beiden Seiten stehen Autos. Und nicht zu wenige. Stehen die etwa nur deshalb da, weil sie nicht wussten, wie sie aus dieser Straße rauskommen?

Wieder einmal versuche ich in dieser ausweglosen Lage, den ortskundigen Veranstalter dieses Fußballabends zu erreichen. Doch sein Handy lässt mich nur schön grüßen und vertröstet mich auf einen späteren Rückruf. Wenn er wenigstens was Originelles auf seinem Anrufbeantworter gespeichert hätte. Beispielsweise etwas von der Größe eines Ansgar „Trinkmann“ Brinkmann, dem Veteranen von Eintracht Frankfurt, Arminia Bielefeld und zehn weiteren Fußballvereinen des Landes. Der hat in seiner fußballerischen Hochzeit den schönen Spruch auf seinem AB verewigt: „Bin bis fünf Uhr früh in meiner Stammkneipe zu erreichen.“ Da wäre ich jetzt auch gerne!

Langsam lasse ich das Auto vorwärts rollen. Mir bleibt keine andere Wahl. Diese Straße ist meine allerletzte Chance. Außerdem bin ich mittlerweile auf dem Scheiß-egal-was-jetzt-noch-kommt-Level angelangt. Aber wer sagt es denn: Ich habe Glück. Aus dem Fenster heraus wage ich meinen in etwa hundertsten Versuch und frage eine Frau, die gerade ihren Kofferraum auspackt, nach dem

Brauhaus. Sie zeigt mit dem Finger um die Ecke und rät mir mit einem Lächeln im Gesicht, das Auto hier stehen zu lassen: „Da vorne dürfen Sie eh nicht weiter!"

Ich parke den Wagen im Halteverbot und bedanke mich. Beiläufig und halb im Scherz frage ich die Frau noch: „Und wie komme ich hier nachher wieder raus?"

Sie schaut mich nachdenklich an: „Eigentlich gar nicht!"

Ich lache nach dem Stress der letzten Stunden befreit auf: „Das habe ich auch schon bemerkt. Aber wie machen *Sie* das denn? Sie wohnen ja schließlich hier!"

„Es gibt keine legale Lösung. Da müssen Sie schon selbst drauf kommen", erwidert die Frau und dreht sich um.

Fassungslos schaue ich ihr hinterher. Im letzten Moment, bevor sie im Haus verschwindet, reiße ich mich zusammen und rufe ihr völlig verzweifelt zu: „Sie können mich doch hier nicht einfach so stehen lassen!"

Die Frau schaut noch einmal aus dem Hauseingang zu mir hinüber. Sie wirkt gelangweilt: „Sie müssen geradeaus über den Marktplatz. Aber lassen Sie sich ja nicht erwischen!" Die spinnen, die Dürener!

Willi Landgraf ist noch nicht da. Er wird sich wohl 20 Minuten verspäten, erklärt Sascha mir beim Reinkommen, noch mit dem Handy am Ohr. Ich bin also pünktlich, und der Laden ist gerammelt voll. Wollen wirklich all die Leute hier Texte über Fußball hören? Unglaublich. Ich bin beeindruckt.

Kölns Co-Trainer Roland Koch sitzt am anderen Ende unseres Tisches. Er starrt etwas verwirrt in der Gegend rum. Vielleicht bilde ich mir das aber auch nur ein. Der Lärm in der Gaststätte raubt einem jeden klaren Gedanken. Alle in der Runde werden großzügig mit kleinen Häppchen und Kölsch versorgt. Alle. Bis auf mich. Zweimal kommt eine Getränkerunde, doch ehe ich zugreifen kann, ist alles verteilt. „Wolltest du auch was?“, fragt jemand rechts von mir, den ich nicht kenne. Ach was! Nein! Ich hatte bisher einen so wunderschönen Tag, da zehre ich innerlich noch Stunden von. Etwas zu trinken würde mich da nur ablenken, möchte ich erwidern und antworte mit einem eher schnöden: „Ein Kölsch wäre nett!“

Als Willi Landgraf kommt, bin ich gerade auf der Toilette. Sascha, Willi und Koch legen einen Blitzstart hin. Ich kämpfe mich nach vorne und wundere mich, dass ich Sascha zwar reden sehe, ihn aber kaum verstehe. Alle gucken gebannt nach vorne zur Bühne, doch im Hintergrund ist der Lärm einfach zu mächtig. In der ersten Reihe angekommen, höre ich Sascha nun klar und deutlich. Er richtet verzweifelt und ziemlich direkt Appelle ans Publikum: „Ich fände es wirklich toll, wenn der Tisch mit den Kegelschwestern und -brüdern ganz hinten im Raum etwas ruhiger wäre oder, noch besser, sich vielleicht gleich vom Acker machen könnte. Wir haben hier eine Veranstaltung, die 200 Leute gerne sehen und vor allem hören würden!“ Ein kurzer, irritierter Blick hinüber zu Sascha, und die Kegelgruppe klopft sich lachend auf die Schenkel. Jetzt es ist noch lauter als vorher.

Roland Koch scheint das allerdings wenig zu stören. Hinter den schnell hin und her blitzenden Augen macht sich offensichtlich Hochstimmung breit. Den Lärm nimmt er kaum wahr. Schließlich ist er ja auch ganze andere Bedingungen gewohnt. Das ohrenbetäubende Stadiongetöse mit der läppischen Geräuschkulisse des dicht besetzten Dürener Brauhauses zu vergleichen, käme ihm, einem alle Stürme des Lebens erfolgreich Trotzenden, gar nicht erst in den Sinn. Nichts und niemand wird ihm das hier vermiesen. Heute ist sein Abend. Seine Chance. Endlich schauen die Leute ihn an. Nicht wie tagein tagaus beim 1. FC Köln immer nur knapp vorbei. Hier ist *er* der Chef im Ring.

Der ewige Co-Trainer scharrt mit den Hufen. Sein Körper wippt nervös hin und her. Er lupft seine blaue Kappe mit dem Ford-Sponsoren-Emblem kurz an, streicht die übrig gebliebenen Haarfetzen mit einem Schwung zurück und schaut dann mit einem intensiven, fast beschwörenden Blick ins Publikum. Roland Koch kann den Anpfiff kaum mehr erwarten.

Und dann hat er die Menge auch schon im Sack. Die ersten Lacher, der erste Applaus. Das ging schnell. Schneller, als er es selbst wohl zu hoffen gewagt hatte. Doch Sascha liefert Koch überraschend gleich zu Beginn eine Steilvorlage. Fast ein wenig naiv kündigt er ihn als „kongenialen Partner des Christoph Daum“ an. Auf solch einen schlampig ausgeführten Anstoß hat Koch nur gewartet. Den Satz kann er natürlich nicht auf sich sitzen lassen. Und so rammt der wuselige Fußballprofessor Koch leicht lispelnd Sascha vor den Augen der brodelnden Masse frontal einen verbalen Volleyschuss in die Magengegend: „Sehr nett, junger Mann. Aber andersrum hätte mir Ihre Begrüßung besser gefallen. Wie wäre es denn mit: Christoph Daum, der kongeniale Partner des Roland Koch!“

Willi Landgraf lächelt und staunt. Der Fußballlehrer neben ihm packt ein Buch nach dem anderen aus einer großen dunklen Sporttasche. Durch den Lärm hindurch sind die Titel der Bücher, die Koch kurz in die Höhe hält und dann vor sich ablegt, allerdings nur zu erahnen. Aber es scheinen nicht nur Fußballbücher zu sein. War das nicht gerade ein Kochbuch? Und das etwa eines über Astrologie? Schnell wird der Stapel auf dem Tisch vor Koch höher. Er legt einen Wälzer auf den anderen. Seine Tasche muss was aushalten können, denke ich, und nehme mir vor, sie später genauer zu inspizieren. Eine gute, robuste Sporttasche kann man schließlich immer gebrauchen.

Auf einmal hält Koch inne. Hinter seinem riesigen Bücherstapel ist er kaum noch auszumachen. Er kneift seine Augen zu kleinen

Schlitzen zusammen und blickt in die etwas gelangweilte Menge. Erstmals an diesem Abend scheint auch er den Lärm und die blökende Kegeltruppe am Ende des Raums zu bemerken. Das Publikum in den ersten Reihen hat noch einmal Hoffnung geschöpft und schaut gebannt zur Bühne. Der ewige Co-Trainer holt tief Luft: „Ich habe mir damals als Thema für die Diplomarbeit ‚Trainingsplanung im Profifußball' ausgesucht, genauer: Eine vergleichende Analyse zwischen Bundesliga und erster englischer Liga."

Neben mir fangen die Leute plötzlich und unvermittelt an zu reden. Das war offensichtlich nicht das, was die Menge hören wollte. Kochs Satz scheint in etwa den Charme eines ausgedehnten Diaabends bei Freunden zu vermitteln, die zwei Wochen Urlaub auf genau 1.244 Fotos gebannt haben und in der Vergangenheit nicht unbedingt ein glückliches Händchen im Auslassen von Nichtigkeiten unter Beweis stellen konnten. Auch Sascha wirkt nicht gerade glücklich. Er guckt demonstrativ auf seine Uhr und schlägt anschließend die Hände überm Kopf zusammen. Ich halte die mittlerweile ausgepackte Kamera direkt auf Koch und lehne mich entspannt zurück. Denn eines ist nun klar: Das wird ein langer, langer Abend!

Nachdem Koch auch die handsignierte und limitierte Ausgabe mit der eingetragenen Nummer 2.132 des Buchs *A legend in his own time* über den legendären Manager des FC Liverpool, Bill Shankly, wieder eingepackt hat, ist endlich Willi Landgraf an der Reihe. Gleich mit seinem ersten Satz erobert er die Sympathien des sanft in sich ruhenden Publikums im Sturm: „Mensch, Roland, so viele Bücher, wie du ausgepackt hast, habe ich gar nicht. Eigentlich sogar nur eins. Aber das habe ich heute auch noch vergessen!", sagt Willi Landgraf und lächelt dabei spitzbübisch.

Seine Wangen strahlen wie in all den 508 Zweitligaspielen seines Lebens in einem leuchtenden Dunkelrot. Er sieht fit aus.

Wie gerade frisch vom grünen Rasen kommend. Und tatsächlich: „Muss mich wohl erst einmal für meine Verspätung entschuldigen. Wir sind direkt nach dem Training auf Schalke los. Haben uns nur noch ein bisschen fein gemacht. Weil wir am Wochenende frei haben. Da wollen wir heute so ein bisschen nachher noch inne Disko." Spätestens jetzt weiß jeder, wer und was Willi Landgraf ist: der nette Junge von nebenan. Einer, der Späßken machen will. Der fünfe schon mal gerade sein lässt und der so manchen Schwank aus seiner Jugend zu erzählen hat: „Meine Schwester hat mich mal verraten, dass ich geraucht habe. Erwischt und bei mein Vatta verraten. Ich bin spät abends nach Hause gekommen, Tür aufgemacht, und da hat mein Vatta schon gewartet. Da hat mein Arsch schön Kirmes gehabt. Ich muss sagen, ich hatte so einen Hass auf meine Lieblingsschwester, da habe ich eine schöne dicke Nadel untern Teppich gezogen. Schön direkt vor die Tür gemacht. Und ich hab nur darauf gewartet, dass die reintritt. Ich mein, das war 1:1.000 die Chance, aber sie ist reingetreten. Mein Arsch hat noch mal Kirmes gehabt, und meine Schwester musste operiert werden. Und jedes Mal, wenn wir zusammen sind, an Weihnachten oder so, uns mit der ganzen Familie treffen, dann erzählen wir von der Nadel, weil sie damals beim Pferdearzt operiert werden musste. Das wird sie mir heute nicht mehr vergessen." Das Publikum grölt vor Begeisterung, Willi strahlt wieder in die Runde und packt zur Belohnung noch ein paar Geschichten aus seiner Aachener Zeit obendrauf.

Bei den Erinnerungen an das DFB-Pokalfinale 2004 in Berlin leuchten Willis dunkelrote Wangen etwas heller. Die Gedanken an diese besonderen Stunden scheinen ihn innerlich aufzuwühlen. Und gleichzeitig zaubern sie ein zufriedenes Lächeln in sein Gesicht. Die Leute freuen sich mit ihm. Sie lachen herzhaft, als er erzählt, dass die Ansprache des Aachener Trainers Jörg Berger am

Abend des Endspiels ziemlich knapp ausgefallen sei: „Geht raus! Macht euch gut warm!“ Das war's. Mehr brauchte es scheinbar nicht, um eine Mannschaft auf das wichtigste Spiel des Jahres vorzubereiten.

„Ich hab doch sowieso nichts um mich herum mitgekriegt“, sagt Willi noch und bemerkt selbst ein wenig verwundert, dass er damit eine wunderbare Überleitung zu seiner letzten Geschichte des Abends hinbekommen hat. „Dat Gefühl vor so einem Spiel ist ungefähr so wie mit drei Promille im Blut. Also, wie damals mitte Mannschaft auf Mallorca!“

Die Story von der Aachener Aufstiegsfahrt rundet das Gesamtbild des ehrlichen Arbeiters aus dem Ruhrgebiet ab. Willi sagt es zwar nicht, aber das Publikum denkt es trotzdem: Wer hart malocht, der darf auch feiern.

Und das haben sie – der Klitze, der Matze und natürlich der „Holzschädel“ Erik Meijer – damals anscheinend tüchtig getan. Wo manch anderer Ex-Profi schamvoll Andeutungen verbreiten würde, packt Willi die ganze Wahrheit auf den Tisch: „Wir haben immer am Ballermann von morgens zehn bis abends um halb sieben durchgetrunken. Und gleich am ersten Tag bin ich mit Schmackes gegen einen Sonnenschirm gelaufen. Ich war voll wie sonne Sangriaeimer.“

Willi läuft langsam auf Hochtouren. Die Erinnerungen an die gemeinsamen Saufeskapaden mit den ehemaligen Mitspielern scheinen für ihn eine Art mentales Vorspiel auf den später folgenden Diskoabend zu sein. „Im Oberbayern haben wir auf einen Tisch 200 Wodka-Lemon gepackt. Und sechs Campari-Orange. Wat anderes trink ich nämlich nicht“, sagt Willi, und man möchte nach hinten zu den Kegelschwestern und -brüdern rufen: „Haltet doch endlich mal die Schnauze! Hier sitzt einer von euch, und ihr erkennt es nicht einmal!“

In den liebevoll lauten Schlussapplaus des Publikums hinein nuschelt Willi einen gedankenverlorenen letzten Satz ins Mikro: „Nee, muss sagen, war alles in allem herrlich gewesen die Zeit." Das denke ich auch und würde am liebsten wie Willi einpacken und nach Hause fahren.

Es ist spät geworden. Und Halbzeit ist auch noch nicht, wie ich mit einem verwunderten Blick auf die Bühne feststellen muss. Roland Koch bietet mittlerweile für eine gute Sache Wimpel, Autogrammkarten und seine getragene Kappe mit dem Ford-Sponsoren-Emblem an. Hat ein bisschen was von Aale-Dieter auf dem Fischmarkt: „Und dann packe ich noch, nein, nicht eine, nicht zwei, nicht drei, sondern gleich vier Aufziehpuppen von Christoph Daum in die Tüte. Na, ist das was?" Die Gebote des Publikums halten sich jedoch in Grenzen, und die Sache zieht sich – länger und länger.

Ich gehe aufs Klo. Unterwegs will ich mir ein paar entschuldigende Sätze für Sascha zurechtlegen. Ich muss hier weg. Das hat alles keinen Sinn mehr. Ich benötige nur eine gute Ausrede. Eine Verletzung, die Sascha mitfühlend schlucken lässt. So eine handelsübliche Adduktorenzerrung wäre beispielsweise was. Hatte ich schon länger nicht mehr. Oder plötzlich wieder aufflackernde Probleme mit meiner Patellasehne? Ganz unangenehme Sache. Ach, und mit meinem Syndesmoseband stimmt eigentlich auch schon länger nichts mehr. Mir gehen noch mindestens acht weitere schmerzhafte Verletzungen durch den Kopf. Am Ende schiebe ich jedoch auch die kurzzeitig favorisierte Idee mit dem Ermüdungsbruch beiseite und entscheide mich für eine gewöhnliche Schultereckgelenksprengung. Scheint mir für hier und heute am plausibelsten. Kann ja immer mal passieren. Bin halt eben auf der Toilette ganz unglücklich auf den von mir vorher ausgelegten Flyern, die mittlerweile vom Spülbecken durchnässt auf dem Boden verteilt liegen, ausgerutscht. Das wird Sascha sicher schlucken.

Mit schmerverzerrtem Gesicht gehe ich zurück in den Saal. Der Lärm im Brauhaus ist fast nicht mehr zu ertragen. Es ist gut, dass ich hier gleich abhauen kann. Wenn die schon bei Landgraf und Koch nicht stillhalten konnten, dann brauche ich mir erst gar nicht groß auszumalen, wie das bei mir sein würde. Wenn die überhaupt noch einmal wieder ruhig werden. Schließlich sind die Stars des Abends bereits weg. Wobei – nicht ganz.

Roland Koch sitzt immer noch wie fest getackert auf seinem Stuhl. Er scheint die Bühne nicht kampflos aufgeben zu wollen. Vor dem Co-Trainer hat sich eine Gruppe aufgeregter Groupies positioniert. Männer im Alter zwischen 25 und 45 Jahren. Begeistert hängen sie an seinen Lippen und verfolgen jede seiner Regungen mit einem pubertären Glucksen. Ich versuche, seinen lebhaften Ausführungen zu folgen, komme allerdings nicht nah genug dran. Nur Wortfetzen schwappen zu mir hinüber: „Im Trainingslager in Israel… ganzer Kinosaal… haben wir extra für die Mannschaft gemietet… geht plötzlich das Licht an… Icke und Litti stehen da… beide haben sie so einen Bauchladen… Eis hier, wer will noch ein Langnese-Eis… haben unter den Kinositzen gelegen vor Lachen… die beiden Kleinsten waren die Größten, hahaha!“

Auch eine Viertelstunde später sitzt Koch noch wie angewurzelt auf seinem Stuhl. Mittlerweile hat sich eine zwanzigköpfige Menschentraube um ihn gebildet. Es wird lauthals gelacht. Zwischendurch brandet immer wieder Applaus von der Bühne hinunter. Es kann sich nur noch um Sekunden handeln, bis die euphorisierte Meute Koch auf Händen durch das nächtliche Düren tragen und ihn als ihren Messias feiern wird. Hauptsache jemand hat die Mikrofone runtergeregelt. Koch schaut nämlich verdächtig intensiv zu ihnen hinüber. Er will wohl noch einmal das Wort an den ganzen Saal richten. Ein weiteres Desaster bahnt sich an.

Ich reibe mir die verletzte Schulter und versuche, Augenkontakt mit Sascha zu bekommen. Jetzt oder nie. Er hat mich gesehen und trabt langsam zu mir herüber. Ich versuche, mich aufzurichten, doch meine linke Seite schmerzt zu sehr: „Sascha, so eine Scheiße. Ich muss dir was sagen. Ich würde…"

„Ja, verdammt! Was macht der Koch denn da auch noch? Ich krieg den nicht runter von der Bühne. Sitzt wie auf einem Vorratspack Uhu-Kleber. Mein Gott, was für ein Abend!"

„Ja, Sascha, das ist blöd gelaufen. Aber ich würde gerne…"

„Weißt du was, ich nehme mir jetzt einfach ein Mikro und schmeiß die da oben alle runter. Ist schließlich meine Veranstaltung hier. Und du musst ja auch langsam mal loslegen, was? Ach Gott, schon halb zwölf?!"

„Das ist es nicht, Sascha. Ich habe mir…"

„Ich seh schon. Du hast nichts mehr zu trinken. Gehe ich sofort holen. Und dann legen wir los. Halb zwölf. Junge, Junge! Ist verdammt spät geworden. Und anderthalb Stunden fährst du sicher auch noch nach Hause, was?! Na, dann jetzt aber mal, ne?!"

Und weg ist er. Ich schließe meine Augen, lege meinen lädierten Körper über drei Stühle in der ersten Reihe verteilt nieder und versuche, ein wenig zu schlafen. Als Kind konnte ich im größten Lärm immer am schönsten Siesta machen. Also die besten Voraussetzungen für ein geruhsames Nickerchen.

Sascha rüttelt an mir. Es ist still im Raum. Eine Kellnerin fegt ein bisschen durch die Gegend und lächelt mich an. Ich richte mich auf.

„Junge, bist du einfach so weggeknackt. Wahnsinn! War noch richtig lustig. Der Koch hat mir das Mikro aus der Hand gerissen, als ich gerade meine Ansage machen wollte. Und dann hat der Vollgas gegeben. Meine Herren!"

„Wie viel Uhr haben wir es denn jetzt?"

„Zwei. Der Koch ist auch völlig fertig!" Sascha zeigt Richtung Bühne. Roland Koch sitzt in sich zusammengesunken auf seinem Stuhl. Zwei Groupies versuchen, ihn zu stützen, doch die beiden recht kräftigen Herren kriegen Koch nicht richtig zu packen. Ich bedanke mich bei Sascha für den schönen Abend und gehe hinaus in die kühle Dürener Herbstnacht. Jetzt muss ich nur noch gucken, wie ich hier mit meinem Auto wieder rauskomme…

Gerhard Horriar

Michaela

Wo Sie grad sagen „Grottenkick“: Passen Sie mal auf. Ich weiß zwar nicht mehr genau, wann das war, aber unser Tante Lisbeth hatte da den Fuß noch. Diabetes mellitus, schlimm, das. Das muss also schon länger her sein. Und dann noch die Embolie plötzlich, zack, lag sie lang auf dem Läufer im Flur und war weg. Tut aber jetzt eigentlich nichts zur Sache. Ich war jedenfalls noch sehr jung und wohnte in Eschweiler. Gut, Sie haben recht, das ist jetzt nicht direkt der Nagel der Welt, aber immerhin ist Eschweiler eine sehr schöne Stadt mit einer, wie soll ich sagen, wirklich beeindruckend ausgestorbenen Fußgängerzone. Ich wohnte auf Pumpe-Stich, Sie wissen schon, vom Bushof über die Röthgener Straße und dann den Sticher Berg hoch, und der ist ja nun mal ziemlich steil. Ist der steil! Weswegen man ja auch „auf Pumpe-Stich“ sagt, wenn man da wohnt, nicht „in“. Auf Pumpe-Stich jedenfalls hatten meine Eltern einen Tabakladen, das war schon vorteilhaft, ich hätte mir zu der Zeit den Samson ja nie leisten können, und sonst gab es da noch den besten Bäcker und den besten Fußballklub der Welt. Pumpe-Stich war sozusagen mein Tellerrand; ich konnte mir damals jedenfalls noch nicht vorstellen, dass es irnzwo anders noch Bäcker oder Fußballklubs geben könnte, wo die Brötchen und die Stürmer was taugten. Und dann gab es da noch Michaela. Aber jetzt der Reihe nach.

Mein Vetter, ja genau, von Klinkenbergs Ewald der älteste, hatte mich mal ins Waldstadion mitgenommen, da spielte die Rhenania. Sie wissen ja, Sie fahren die Pumpe runter, unten links in die Barbarastraße, und dann liegt das da auf der rechten Seite, und irgendwann hatte ich beschlossen, regelmäßig die Heimspiele auch alleine zu besuchen, ich war da vielleicht, lass mich nicht lügen, 14. Oder 15? Naja, ist ja letztlich auch egal.

Selber Fußball gespielt habe ich damals nicht, ich hatte es nicht so mit dem Sich-Bewegen, weil man dabei nicht so gut Chips essen konnte. Aber zugucken, wie andere laufen, das machte mir schon Spaß. Die Rhenania spielte in der Saison jedenfalls in der ersten Kreisklasse, und ich opferte Sonntag für Sonntag eine – inklusive Sportgroschen – von meinen fünf Mark Taschengeld, um die Jungens kicken zu sehen, meine persönlichen Helden: Mattes Hillemacher, Johnny Hansen, Lutz Constantini, kennen Sie ja sicher auch noch. Ich fuhr immer mit dem Rad zum Stadion, das war ein Bonanzarad, das hatte ich mir mit monatelanger Quengelei bei meinen Eltern erkämpft. Ich glaube, quengeln konnte ich sehr gut. Ich weiß jetzt nicht, ob Sie diese Bonanzaräder noch kennen. Man saß darauf wie auf einer Harley, das Teil war auch ungefähr genauso schwer. Den Sticher Berg kommt man damit jedenfalls nicht rauf, schon gar nicht, wenn man die eine Chipstüte in der Hand hat und die letzten 200 auf den Hüften. Das wusste ich natürlich noch nicht, als ich mir das Ding wünschte. Und danach war es zu spät. Irgendwann später habe ich mein Bonanzarad jedenfalls im Koppweiher versenkt, Sie wissen ja, da im Stadtwald, nicht weit vom Waldstadion, und bei meinen Eltern als geklaut gemeldet. Wahrscheinlich liegt das Ding da immer noch im Schlamm.

Wenn ich also sonntags zur Rhenania fuhr, trug ich immer meinen Schal in Rhenaniafarben, Blau und Weiß, den hatte mir meine Schwester zum Geburtstag gestrickt, warten Sie mal, das kann auch Weihnachten gewesen sein, ist aber jetzt auch egal. Das ist natürlich möglich, dass Sie die jetzt nicht kennen, also meine Schwester. Kein Wunder, die hat ja auch später nach auswärts weggeheiratet, Sie wissen ja, diesen Krankenpfleger, der kam, glaub ich, von Bardenberg. Schlimm das. Auch für unser Mutter. Naja. Wenigstens hat sie gesunde Kinder. Der Schal war jedenfalls so lang, dass ich den dreimal um den Hals wickeln konnte und der aber dann immer noch auf dem Boden schleifte, warten Sie, wenn der so lang war, dann war das doch zu Weihnachten, da strickte die Schwester nämlich immer schon ab Oktober. Wenn ich den also um den Hals wickelte, baumelte das Ende auf dem Boden und spielte da auch eher so ins Beigebraune. Damals liefen ja überall noch die Hunde im Stadion rum. Außer dem Schal hatte ich immer so'n altenglisches Posthorn mit, das meine Eltern von irgendwelchen Zigarettenvertretern als Werbegeschenk bekommen hatten, mit dem konnte ich die Angriffe von Johnny Hansen, Mattes Hillemacher und Lutz Constantini, Sie wissen ja, prima unterstützen.

Werbegeschenke waren sowieso super. Wenn meine Eltern welche bekamen, kriegte ich die immer ab. Ich hatte zum Beispiel eine Zigarrenkiste mit Geheimfach, wo man Liebesbriefe reintun konnte, also, wo ich Liebesbriefe hätte reintun können, wenn ich welche bekommen hätte, aber irnzwie klappte das nicht, trotz Bonanzarad und obwohl ich den Mädchen immer von den Chips auch welche abgab. Ich hatte auch einen Schlüsselanhänger mit Marlboro-Brandzeichen, den habe ich immer noch, und irgendwann bekam ich sogar eine Polaroid mit Werbung von Ernte 23 drauf, die war zwar total klobig und aus Plastik, funktionierte aber. Die war der Hit, sage ich Ihnen. War mein ganzer Stolz, und ich trug sie immer mit mir rum. Fotos hab ich damit natürlich fast keine gemacht, war ja sauteuer, und ich brauchte mein Geld nun mal für die Rhenania und die Chips.

Jedenfalls. Den einen Sonntag, weswegen ich Ihnen überhaupt draufkomme, Sie erinnern sich bestimmt, es *war* ja so warm. Es war ja *so* warm. Den Sonntag also spielte die Rhenania gegen Germania Dürwiß, kennen Sie ja sicher, da Richtung Jülich raus, war gerade eingemeindet worden, aber wem sag ich das. Es war Ende Mai und der letzte Spieltag und es ging für beide um den Aufstieg in die Bezirksklasse. Dürwiß war mit sieben Punkten Vorsprung vor Rhenania Herbstmeister gewesen, nach Zweipunktesystem wohlgemerkt, und hatte davon sechs im Lauf der Rückrunde wieder verspielt. Darum war auch richtig was los im Waldstadion. Ich weiß nicht, vielleicht waren Sie ja selber da, dann wissen Sie ja, worüber wir reden. Lass mich nicht lügen, aber da waren hunderte, was sag ich, jedenfalls jede Menge Zuschauer.

Und eine von denen war Michaela. Die stand fast direkt neben mir. Hatte ich Michaela schon erwähnt? Mein lieber Schwan. Michaela war aber mal so richtig ein Schuss. Wir waren ungefähr gleich alt, aber, wie soll ich sagen, sie war schon ein ganzes Stück *weiter* als ich. Sie hatte lange blonde Haare, einen Hintern zum Kneten, aber das Beste waren ihre, wie soll ich sagen, Sie wissen ja, was ich meine, also sie hatte *so* Böller. Und auf den Mund gefallen war sie auch nicht. Leider auch nicht auf meinen. Michaela kam ja oben vom Schlemmerich, kennen Sie ja sicher, die Neubauten da oben hinterm Friedhof. Genau wie Marianne Redlich, in die war ich zwei Jahre vorher verknallt. Aber da lief nichts, weil ich hatte ja noch kein Bonanzarad. Aber lass uns nicht abschweifen, es geht sich um mehr.

Wenn ich das so bedenke, dann muss ich auch aus heutiger Sicht sagen, also Michaela: Respekt. Ich meine, damals war man ja noch jung, und hinter dem Hauptbahnhof hörte die Welt auf, und ich habe ja dann später schon auch andere, also schöne volle Teile, ich will sagen, ich hab ja schon was zu gucken gehabt, aber der Michaela ihre, das waren schon zwei echte Meisterschalen. Ach was, das waren Europapokale. Sagen Sie jetzt nichts, ich übertreibe nicht. Die konnten einen zum Schwitzen bringen. Dabei war es an dem Tag sowieso schon so warm. Was war das warm an dem Tag! Das war wirklich so warm, Sie glauben nicht, wie warm das war.

Und dann noch Michaela ihr Top. Obwohl, damals sagte man ja noch Bluse, und wir standen da auf der Tribüne, Michaela ein paar Meter neben mir, vielleicht zwei Stufen höher als ich, und ich konnte sie gut aus den Augenwinkeln beobachten, so von unten raufgucken, die Beine hoch, den Bauch lang, der Winkel war optimal, auch, weil ich natürlich eigentlich nicht direkt stand, sondern mich hingesetzt hatte, damit ich meine Chips und die Fanta neben mir abstellen konnte.

Und es *war* ja *so* warm. Das war natürlich einerseits ziemlich unpraktisch für mich, aber ging nicht anders, weil ich ja nun mal Fan von Rhenania war und deshalb den dicken Schal anhaben musste und schwitzte wie ein Elch, und das Fett von den Chips wurde langsam flüssig und klebte dann überall an den Fingern und an den Stellen vom Schal, die noch nicht so beigebraun vom Am-Boden-Schleifen waren, wo ich es abwischte. Andererseits hatte das Wetter auch sein Gutes, nämlich die Bluse von Michaela, die war ja fast nur ein Lätzchen, und die ging nur bis hier. Aber ich verrate Ihnen jetzt, was das Tollste daran war. Nämlich das war ja zu der Zeit nicht selbstverständlich, Pumpe-Stich war ja nicht Pigalle, wenn Sie verstehen, was ich meine. Da hielt ja öfter der Schützenkönig Einzug, aber doch nicht die Sexwelle! Dann jetzt aber Michaela. Das Tollste war nämlich: Sie hatte nix drunter. Und was in der Bluse drin war! Ich meine, Michaela hatte nämlich auch Rhenaniablut im Leib und ging bei jedem Angriff körperlich mit, und weil sie die Bluse mit nix drunter anhatte, bekam ich immer weniger von Johnny Hansen, Lutz Constantini und Mattes Hillemacher mit, je länger das Spiel dauerte.

Jetzt noch mal wegen Grottenkick. Wie sie mich draufgebracht haben. Das Spiel war nämlich, wenn ich ehrlich sein soll, eine ziemliche Katastrophe. Ich meine, es war ja nun keine Bundesliga, es war erste Kreisklasse, und da gibt es schon gewisse Unterschiede. Aber an dem Tag, da ging echt nicht viel bei der Rhenania, da lief auch für das Niveau nicht viel zusammen.

Aber dann machte Johnny Hansen plötzlich aus dem Nichts das 1:0. Und jetzt sag ich Ihnen was: Michaela sprang komplett begeistert auf und tanzte auf ihrem Platz rum, und dann gingen die Hände zum Himmel, und dabei rutschte das Hemdchen mit nix drunter, das sie anhatte, so weit nach oben, dass ich also, Sie wissen schon, die beiden, ich meine, die westliche und die östliche Halbkugel, in ihrer ganzen Pracht, also dass ich sogar, wie soll ich sagen, also: Ich hätte die Namensschilder an den Klingeln lesen können. Ein Traum in 75 D war das. Ich dachte nur: einmal, ein einziges Mal anfassen. Und genau in dem Moment fiel mir meine Polaroid ein. Da hatte ich ein Motiv, das es wert war, fotografiert zu werden.

Der Rest ist schnell erzählt. Ich hatte ja alles dabei, was ich brauchte. Ich kramte den Apparat aus meinem Rucksack, zog meinen Schal aus, wickelte das Teil so um die Polaroid, dass zwar die Linse freiblieb, aber sonst möglichst wenig von der Kamera zu sehen war. Das musste natürlich alles schnell gehen, weil Michaela ja jederzeit rübergucken konnte, aber es klappte.

Ich sage Ihnen jetzt mal eins: Seitdem habe ich ungefähr acht Weltmeisterschaften und jede Menge spannende Spiele gesehen, ich habe schlimme Niederlagen verkraften müssen, aber niemals mehr in meinem ganzen Leben habe ich so sehnsüchtig auf ein Tor gewartet. Ich saß da, halb verdreht, um das Motiv draufzuhaben, ich war bereit, wie Gary Cooper in *Zwölf Uhr mittags*, immer den Finger am Abzug und dabei möglichst unbeteiligt gucken, und wartete auf den Moment. Aber Germania Dürwiß war am Drücker, und die paar Kontergelegenheiten, die Mattes Hillemacher,

Lutz Constantini und Johnny Hansen, Sie wissen ja, bekamen, wurden praktisch alle schon im Mittelfeld gestoppt.

Bis dann Hansen zwei Minuten vor Schluss doch noch mal in den Strafraum kam und gelegt wurde oder jedenfalls hinflog. Elfmeter für Rhenania. Ich sage Ihnen, ich konnte mein Glück kaum fassen. Das hieß für mich nämlich, dass ich nicht nur auf ein gutes Foto hoffen konnte, sondern sogar Zeit hatte für die richtige Einstellung. Ich vergrabe also das Gesicht in meinem Schalknäuel wie einer, der vor Spannung nicht hingucken kann. Aber wie ich am Hingucken war! Der Sucher auf Michaela ihre 75 D. Michaela am Zittern und Fäuste ballen. Mattes Hillemacher am Anlaufen.

Und dann höre ich den Jubel, das 2:0, der Aufstieg ist klar, Michaela springt, die Bluse mit nix drunter schiebt sich nach oben, ich die Hupen voll im Blick und abgedrückt.

Jetzt wollen Sie wissen, wie das weiterging. Passen Sie auf: Das Polaroid surrt raus, ich stopfe es vorsichtig mitsamt Schal und Kamera in meinen Rucksack. Michaela ist immer noch am Hüpfen und hat nichts bemerkt. Dann der Schlusspfiff, alle stürmen den Platz, und in meinem Rucksack entwickelt sich gerade das Foto meines Lebens.

Nach dem Spiel fuhr ich sofort nach Hause, Sie wissen ja, Barbarastraße runter, dann die Pumpe rauffahren, oder lass mich nicht lügen, raufgehen: Ich hatte ja ein Bonanzarad, und die Pumpe ist fast genauso steil wie der Sticher Berg. Ich kam zu Hause an, schloss mich in meinem Zimmer ein und kramte die Zigarrenkiste mit dem Geheimfach raus. Feierlich machte ich sie auf, um meinen größten Schatz in einem heiligen Akt sicher unterzubringen. Ich nahm also den Rucksack, holte das Foto raus und schaute es zum ersten Mal an. Aber dann: Von wegen Michaelas Hupen. Auf dem Bild war so'n undefinierbares Ding, ein gezacktes gelb-braunes Etwas zu sehen, sonst nichts. Ich verfluchte die Kamera. Dann ging ich der Sache auf den Grund.

Ich hätte mich ohrfeigen können. Auf der Linse der Kamera klebte ein kleines, fettiges Bröselchen Kartoffelchip. Und ich schwöre Ihnen, seit diesem Tag habe ich keine mehr gegessen.

Na ja, was soll's. Michaela, kennen Sie ja, heißt ja jetzt nach ihrer Schauspielerkarriere wieder so wie früher. Nicht mehr Wild. Weshalb ich dann später doch noch an Fotos von ihr gekommen bin. Aber ich sage Ihnen nicht, wo ich die verwahre.

Sascha Theisen

Revilo

Mein Sohn Carl ist vier Jahre alt, und für ihn steht völlig außer Diskussion, dass der beste Fußballspieler der Welt nicht etwa ein eitler Portugiese oder graziler Brasilianer ist, sondern Thorsten Stuckmann heißt und Torwart bei Alemannia Aachen ist. Wenn Carl groß ist, möchte er deshalb auch Torwart werden. Wenn Thorsten Stuckmann das wüsste, würde er sich sicher freuen. Ich habe aber als Carls Vater entschieden, es Stuckmann nicht zu sagen, weil ich nicht sicher bin, ob Carl seine Meinung nicht irgendwann doch noch ändert und Benjamin Auer zum besten Fußballer der Welt erklärt – oder Nico Herzig. Für Kinder wie Carl ist das Leben wunderbar einfach und dreht sich um Dinge wie Weitsprung, das Kartenspiel Uno, Haribo und – wie könnte es anders sein? – Grasflecken auf Jeanshosen. Eben so, wie es sein soll.

Zudem besteht das Leben für Carl aus festen Ritualen, an denen er sich bestens festhalten kann – Rituale, die sich nun schon seit mehr als drei Jahren treu behaupten. Das abendliche Schmökern in Kinderbüchern gemeinsam mit Papi oder Mami ist eines davon. Die Wahl des allabendlichen Buches liegt natürlich bei Carl, was dazu führt, dass der vorlesende Vater hofft, heute nicht schon wieder das allgegenwärtige Raketenbuch oder zum vierten Mal in Folge *Mein bester Freund ist Polizist* zum Besten geben zu müssen. Und Hoffnung ist das Einzige, was bleibt, denn: Beeinflussbar ist die Wahl nicht. Im Gegenteil: Macht man die nervende Polizistengeschichte madig, ist ziemlich sicher, dass man im Anschluss einem Vierjährigen Dinge wie „Spurensicherung“ oder „Gegenüberstellungen“ ebenso schlüssig näher bringen muss wie beim Abendessen den sicheren Umgang mit Messer und Gabel. Kein leichter Job! Schließlich will man sich ja nichts vorwerfen lassen – später, wenn der Junge 16 ist und mit dem ersten Vollrausch nach Hause kommt. Also hofft man jeden Abend, dass der Sohnemann ganz von allein das eigene Lieblingsbuch auswählt. Und manchmal hat man sogar Glück, wenn ein kleiner brasilianischer Zauberfußballer aus der Nähe von Rio de Janeiro an der Reihe ist. Revilo heißt der virtuose Kicker in dem kleinen Buch aus der Serie der Pixi-Bücher, die ansonsten von Grobi über das Sandmännchen bis hin zum Pinguin Jasper alles im Repertoire hat, was Kinderbuch-Deutschland so hergibt.

Revilo erzählt eine Geschichte, die voll von kindlichem Pathos ist, aber die sogar Kinder nicht glauben dürften – alltagsverseuchte Väter aber schon. Revilo ist ein begnadeter Fußballer in einem kleinen Dorf, in dem es nur einen verstaubten Sandplatz mit zusammengezimmerten Toren gibt. Dort zelebriert er das Spiel wie sonst niemand in Brasilien. Er spielt Tag für Tag mit seinen Freunden, und sein größter Fan ist seine kleine Schwester. Die wiederum lebt mit Revilo bei den Eltern: Die Mutter ist Lehrerin und Pflegerin der kranken Oma, Revilos Vater ein armer, aber glücklicher Automechaniker. Heile Welt in den Favelas – keine Spur von Kriminalität, Hunger, Mangel an fließendem Wasser oder Strom. Alles gut vor den Toren Rio de Janeiros – ganz so, wie man sich das als Mitteleuropäer am Feierabend eben wünscht. Der kleine Revilo jedenfalls ist glücklich, und alles könnte so schön sein – wären da nicht die mit Geldscheinen wedelnden Spieleragenten aus München und anderen Großstädten, die in Revilos Dorf kommen, um ihn mit nach Europa zu nehmen. Doch was passiert? Obwohl das ganze Dorf ihn schon im Trikot der brasilianischen Nationalmannschaft sieht, entscheidet sich Revilo zu bleiben und Automechaniker wie sein alter Herr zu werden. Ne – wie schön! Alle Menschen aus Revilos Dorf sind überglücklich, und der zukünftige Automechaniker bleibt für sie der beste Fußballer der Welt.

Und während ein Vater in Deutschland nach Fassung ringt und mit leicht theatralischem Unterton die letzten Worte des vor ihm liegenden Pixi-Buchs mit brüchiger Stimme regelrecht zelebriert, ist der kleine Carl neben ihm schon lange eingeschlafen und freut sich auf das Raketenbuch – morgen mit seiner Mami. Denn Revilo hin oder her – für ihn steht schon lange fest: Der beste Fußballer der Welt heißt Thorsten Stuckmann.

Sascha Theisen

Käfermann! Käfermann!

Wenn Sie mich fragen, warum ich es getan habe, dann sage ich heute: Es waren die Rufe aus dem S-Block! Die haben mich süchtig gemacht – richtig süchtig gemacht.

Ich war schon immer Alemanne. Als kleiner Junge genauso wie damals, als ich von der Schule abging, um bei Zentis anzufangen. Ich hatte einen Notenschnitt von 1,6 und bin trotzdem Kistenstapler am Wareneingang geworden. Die waren zu der Zeit Hauptsponsor der Alemannia, deshalb wollte ich da hin – irgendwie dazugehören, wenn schon nicht auf dem Platz, dann halt so. Der Tivoli und ich! Jeden Tag, wenn ich die Kisten mit den osteuropäischen Erdbeeren gestapelt habe, aus denen später die Zentis-Konfitüre gemacht wurde, habe ich an Alemannia, den Tivoli und den S-Block gedacht. Die Kopien der Lieferscheine habe ich immer mit nach Hause genommen, um aus ihnen Papierschnipsel zu schneiden. Die durfte man damals noch mit ins Stadion nehmen. Und dann: Stimmung, meine Herren! Werde ich nie vergessen, wie wir damals Werder Bremen aus dem Pokal geknallt haben – was da los war am Tivoli. Da kriege ich heute noch Gänsehaut. Den Burdenski, den hätten Sie damals sehen sollen. Abgegangen wie Schmitz' Katze ist der.

Jedenfalls haben meine Kollegen bei Zentis das schnell spitz bekommen – das mit Alemannia und so. Die sind dann in die Marketingabteilung und haben denen erzählt, dass da unten am Wareneingang einer sitzt, der Kisten packt nur wegen Alemannia. Die konnten das erst gar nicht glauben, sind dann gleich zu mir und meinten, ich solle mal in die Chefetage hoch. Habe ich dann auch gemacht. Und da sagt der Johnen – so hieß der Chef von Zentis – zu mir, dass Alemannia gerade auf der Suche nach jemandem wäre, der sich in ein Maskottchenkostüm zwängt und dann vor dem Spiel und in der Halbzeit die Fans unterhält. Wie ich ja wüsste, wäre der Kartoffelkäfer das traditionelle Alemannia-Maskottchen, und das würde es eben bald auch vor den Spielen geben. Ob ich dazu Lust zu hätte? Und ob, habe ich gesagt. Das war ein Traum für mich. Schon als Kind bin ich nicht ohne meinen Kartoffelkäfer eingeschlafen. Und jetzt sollte ich selbst Kartoffelkäfer werden? Der Wahnsinn!

Und so kam es, dass ich schon vier Tage später beim Heimspiel gegen Wormatia Worms – damals spielten wir ja noch gegen solche Rumpeltruppen – als drei Meter großer Kartoffelkäfer ins Stadion lief. Am Anfang haben die Fans im S-Block und am WüWa mich noch verhöhnt. Da war das alles gar nicht lustig. „Du bist so lächerlich, du bist so lächerlich! Du bist, du bist, du bist so lächerlich!", haben sie gerufen und über mich gelacht. Das war schlimm damals – schließlich war ich doch einer von denen. Die bei Alemannia meinten nur, ich solle mir nichts daraus machen. Dass die Leute lachen, zeige nur, dass sie Spaß hätten, und damit würde ich meine Funktion schon erfüllen. Also habe ich halt weitergemacht. Und irgendwie bin ich Spiel für Spiel und Sonntag für Sonntag mit meiner Rolle verwachsen. Die ganze Woche habe ich darüber nachgedacht, was ich wohl nächstes Wochenende im Stadion machen könnte, damit die Fans von Alemannia Spaß hatten und die Jungs nach meinem Auftritt so richtig anfeuerten.

Der Durchbruch kam in meinem zweiten Jahr als Kartoffelkäfer beim Spiel gegen Wattenscheid. 14.000 Zuschauer, nasskalt, Flutlicht – geniale Atmosphäre, finden Sie nur am Tivoli! Da bin ich raus auf den Rasen, die Spieler von Wattenscheid waren schon zum Aufwärmen da. Der Star von denen war damals der Uwe Tschiskale, der hat später sogar für die Bayern und Schalke gekickt. Den habe ich mir ausgeguckt und bin auf ihn zu – so schnell ich konnte in diesem 15 Kilo schweren Kostüm und den ein Meter langen Füßen. Der Tschiskale wusste gar nicht, was passiert, und ist daher auch stehen geblieben. Hat wohl gedacht, ich mache Spaß – mache ich aber nie, wenn es um Alemannia geht. Konnte der ja nicht wissen. Und dann habe ich ihn aus vollem Lauf umgegrätscht – also so richtig umgewichst. So richtig volle Möhre, dass der zwei Meter hoch geflogen ist. Mann – da war vielleicht was los am Tivoli. Weltklasse war das! 14.000 Leute haben geschrien. Ich jedenfalls gleich wieder hoch und ab vor den S-Block: posieren und Faxen machen. Die haben sich nicht mehr eingekriegt und haben mich gefeiert, als wäre ich der Jo Montanes persönlich. „Käfermann! Käfermann!“ Das ganze Stadion hat „Käfermann“ gerufen – außer die Sitztribüne natürlich. Aber das war mir egal. Ich habe mich gefühlt, als wäre ich ein ganz Großer. War ich ja auch irgendwie. Ich war der Käfermann.

Beim nächsten Heimspiel hatte ich dann natürlich Blut geleckt und war heiß wie Frittenfett. Dieses Mal ging es gegen Fortuna Köln. Da habe ich gewartet, bis die Spieler von denen draußen waren, und alle haben gedacht, ich nehme mir jetzt den Mannschaftskapitän, den Dirk Hupe, vor. Aber stattdessen habe ich erst mal gar nichts gemacht und gewartet, bis die Aachener Fans immer lauter gerufen haben: „Käfermann! Käfermann!“ Und als dann alle – also wirklich alle – meinen Namen gerufen haben, bin ich los. Aber dieses Mal auf den Trainer von denen – den Hannes Linßen oder „Crusty, der Clown“, wie die im S-Block den gerufen haben. Und dann habe ich ihm nach allen Regeln der Kunst die Schienbeine poliert. Da ist kein Gras mehr gewachsen, wo der Crusty gelandet ist. 15 Minuten mussten die ihn behandeln – das

Stadion hat gegrölt, als gäbe es kein Morgen mehr. Und alle wie aus einer Kehle: „Käfermann! Käfermann!“ Alemannia hat anschließend 3:0 gewonnen. Deshalb habe ich das von da an vor jedem Spiel gemacht. Immer habe ich mir einen ausgeguckt und ihn per Blutgrätsche in den Matsch befördert, jeden Spieltag, immer.

Hat natürlich nicht lange gedauert, bis ich ein echter Star war in Aachen. Im S-Block hatte ich nach einem halben Jahr schon meinen ersten Fanklub. „Beside the Käfermann“, hieß der. Fand ich erstklassig! Die hatten eigene Käfermann-T-Shirts an und eigene Lieder auf mich getextet: „Du bist zu eng für mich. Du hast mir weh getan. Ich will ein Kind von dir, das wie der Käfer grätschen kann!“ Geheult habe ich damals, als ich das zum ersten Mal gehört habe.

Jedenfalls musste ich irgendwann meinen Job bei Zentis aufgegeben – das ging einfach nicht mehr. Die Werbeverträge in Aachen, die ganzen PR-Auftritte während der Woche, und irgendwann kamen ja dann auch die Auswärtsspiele dazu.

Wir haben wirklich eine Menge erlebt – die Alemannia und der Käfermann: zehn Jahre Regionalliga, dann der Aufstieg mit dem Tod vom Werner, die Jahre in der zweiten Liga und dann endlich der Aufstieg in die erste Liga. Fast alles lief perfekt. Sogar den Beckenbauer habe ich mal abgegrätscht. Wie gesagt: Alles lief wunderbar! Der Werner hätte nicht sterben dürfen, aber sonst: Alles wunderbar!

Bis, ja bis zu dem Tag, als der Neue aus Brasilien kam: Marinio hieß der. Ein kleiner, eigentlich unscheinbarer Junge aus Sao Paulo – gerade mal 61 Kilo schwer. Aber Fußball spielen konnte der – Wahnsinn! Der Jörg Schmadtke hatte ihn entdeckt und für 750.000 Euro nach Aachen geholt. Am Anfang habe ich den auch wirklich gemocht. „He Käfermann – du gut Grätscher!“, hat er immer gerufen, wenn er vom Trainingsplatz kam. Und dann haben die Journalisten Fotos gemacht. Der Star aus Brasilien und der Käfermann. Aber als er dann anfing, Tore zu schießen wie am Fließband, da wurde der Rummel um ihn immer größer und größer. Bis dahin war *ich* immer der beliebteste Alemanne gewesen und nie ein Spieler – nicht mal der Erik Meijer oder der Willi. Nur ich, der Käfermann. Und dann kam plötzlich dieser Bengel aus São Paulo und lächelt vom Titelblatt des *Tivoli-Echos.* Klar haben die Leute mich immer noch gefeiert. Aber als der sogar gegen die Bayern drei Dinger gemacht und Alemannia 3:0 gewonnen hat, da war ich definitiv nur noch Nummer zwei in der Gunst der Fans. Marinio hier, Marinio da. Sogar die *Aachener Nachrichten* haben dem eine ganze Ausgabe gewidmet. Dabei war der doch gar kein Alemanne – nicht wie ich jedenfalls. Nicht mehr lange, und niemand hätte mehr von mir gesprochen. Das war klar.

Also habe ich gewartet, bis die richtige Gelegenheit da war. Das Spiel gegen Wolfsburg war so eine. Marinio hatte mal wieder zwei Tore geschossen, Alemannia 2:0 gewonnen. Ich hatte vor dem Spiel den Augenthaler umgesenst – aber das hatte niemanden interessiert. „Saupreiß", hatte der Auge nur gezischt und dass das schon lange nicht mehr lustig wäre. Ziemlich bedröppelt bin ich wieder in die Kabine. Nur noch eine Handvoll Fans rief meinen Namen. Stattdessen alle: „Marinio oho, Marinio ohohoho!" Das war zu viel! Ich bin direkt in die Kabine und habe mich im Klo eingeschlossen. Da habe ich gewartet, bis das Spiel vorbei war. Ich wusste ja, dass der Marinio immer der Letzte war – der brauchte ja immer eine Stunde, um seine Locken zu frisieren, der schöne Friseur, der schöne. Als er allein war, bin ich raus und habe ihm die Meinung gesagt. Er solle wieder nach São Paulo zurück und dass ich – die Alemannia – hier regieren würde. „Du bist lächerliche Clown. Marinio isse jetzt Star hier. Bald ich Schützenkönig, und dann gehe Marinio zu Bayern." Dann hat er auch noch den

Ruf aus dem S-Block nachgemacht: „Käääffermaann! Käääffermaaann!“ Immer wieder – bis er gesehen hat, wie ich rot angelaufen bin und Schaum vorm Mund hatte. Da hat er plötzlich aufgehört. Von da an weiß ich nichts mehr. Gar nichts mehr. Nur noch, wie er dagelegen hat – mit den kaputten Schienbeinen.

Bis dahin hatte ich noch nie einen totgegrätscht. Der Pagelsdorf war mal drei Wochen im Krankenhaus wegen mir, aber tot? Noch nie! Keine Ahnung, wie das passieren konnte. Jedenfalls war der Drops gelutscht, die Messe gelesen. Da biss die Maus keinen Faden ab. Der würde sicher kein Schützenkönig mehr werden.

Und jetzt sitze ich hier in der JVA Aachen, Mitteltrakt, und kann keine drei Stunden am Stück mehr schlafen. Ständig habe ich diese Albträume – der Marinio verfolgt mich, jede Nacht! Immer wieder singt er: „Käääffermaann! Käääffermaaann!“ Dann werde ich schweißgebadet wach, springe auf und schreie. Der Marinio, der wusste doch gar nichts von mir, vom Käfermann. Der war doch gar nicht dabei damals gegen Worms und später gegen den Tschiskale. Jetzt ist er tot, der Marinio – totgegrätscht. Vom Käfermann! Und wissen Sie, so schlimm das auch manchmal ist mit den Albträumen, manchmal höre ich noch ganz deutlich das Lied aus dem S-Block: „Du bist zu eng für mich. Du hast mir weh getan. Ich will ein Kind von dir, das wie der Käfer grätschen kann!“ Das war super, und dann denke ich daran zurück, wie der Tschiskale geflogen ist und der Crusty. Und alle haben sie gegrölt, und gerufen haben sie: „Käfermann! Käfermann!“ Der ganze S-Block.

Arne Jens

Fußballerbeine

In meiner Jugend war Tanzen eigentlich ganz einfach. Dachte ich. Dann wurde ich zum ersten Mal zu einer Party eingeladen. Vier Mädchen, vier Jungs und jede Menge Matratzen allein in einem Kellerraum. Zuerst wurde nur „Wahrheit oder Pflicht“ gespielt, aber dann wurde auch noch getanzt. Aus den Lautsprechern dröhnte Deep Purple mit „Smoke on the water“. Eine lösbare Aufgabe. Man musste nur die Haare schütteln, den Oberkörper ruckartig vorwärts und zurück bewegen. Profis ließen ihre Hand über das eigene Geschlechtsteil schwingen, um Luftgitarre zu spielen. Die Beine musste man dabei die ganze Zeit gespreizt halten, aber es war zum Glück niemand da, der einen hätte tunneln können.

Schon bald wurde die Musik langsamer, und irgendwann wurde „Berlin“ von Barclay James Harvest gespielt. Jetzt war ein anderer Tanzstil gefragt, man nannte ihn Blues. Bevor man Blues tanzen konnte, musste man ein Mädchen auffordern. Dann drehte man sich mit der Auserwählten eng umschlungen im Kreis, als ob man in Zeitlupe ein Tor bejubeln würde.

Bei Barclay James Harvest hatte ich schon nach wenigen Tönen den Eindruck, dass dieses Lied nie mehr würde enden wollen. Eva nahm Jens bei der Hand, Lisa fiel Lars um den Hals und Christina und Ben knutschten schon vor dem Refrain. Sylvia und ich standen regungslos fünf Meter voneinander entfernt, so, als wären wir Spielzeug, das von Kindern am Strand vergessen worden war. Dann bewegte sich Sylvia langsam auf mich zu und fragte: „Wollen wir auch tanzen?“

Ich nickte und legte meine Hände auf ihre Schultern. Sie legte ihre Hände auch auf meine Schultern, und wir begannen… nun ja… zu tanzen. Nur Blues war das nicht. Wir wahrten einen Sicherheitsabstand, bei dem von Enge keine Rede sein konnte und an Küssen nicht zu denken war. Aber es ging nicht anders. Ich war furchtbar schüchtern, und sie war schrecklich stolz. Meine Beine fühlten sich unglaublich schwer an. Am liebsten wäre ich weggelaufen, aber ich wäre in diesem Moment wohl nicht sehr weit gekommen. „Nicht so steif", sagte Sylvia. Ich schaute schnell auf meine Hose, und noch schneller schaute ich wieder weg.

Am nächsten Tag spielten meine Freunde und ich Fußball, und meine Beine zeigten ihr anderes Gesicht. Sie waren schnell, mit ihrer Hilfe spielte ich Gegenspieler aus, sie konnten Bewegungen antäuschen, und sie ließen mich Haken schlagen. Meine Beine konnten nicht tanzen, aber sie konnten Fußball spielen.

Doch es waren die Mädchen, die in meinem Leben nach und nach eine immer größere Rolle spielten. Und für Fußball interessierten die sich nicht. Mit Toren konnte man sie nicht beeindrucken – aber mit den richtigen Bewegungen zu meist seltsamer Musik.

Auf den nächsten Partys strengte ich mich also an. Ich versuchte, meine Beine elegant über den Boden gleiten zu lassen, und gab dabei eine unglückliche Figur nach der andern ab. Jedes Mädchen machte mich nervös. Es vor allem ihr Duft, der mich verwirrte und beeindruckte. Manchmal rochen die Mädchen so gut, dass ich schon beim ersten Tanzschritt ins Stolpern kam. „Foul", hätte ich manchmal gern gerufen, doch es gab ja keinen Schiedsrichter, der mir hätte helfen können. Ich änderte also meine Taktik. Ich stellte mir vor, dass der Geruch der Mädchen ein Gegenspieler sei, den es zu umkurven galt. Und manchmal klappte das Tanzen nun ganz gut.

In den folgenden Wochen traten meine Beine nun immer seltener gegen einen Ball, stattdessen hielten sie sich immer öfter in Partykellern, Kneipen oder Diskotheken auf. Der eine oder andere Tanz war schön, der eine oder andere Kuss schmeckte gut. Aber ich lernte kein Mädchen kennen, das auch außerhalb von Partykellern, Kneipen oder Diskotheken an meiner Seite blieb. Dieser Erfolg stellte sich erst Jahre später ein.

Meine erste Freundin hieß Anna, und als wir eines Abends nebeneinander im Bett lagen und ich dachte, alles wäre gut, brachte sie meine Beine ins Spiel:

„Du hast komische Beine."

„Wieso? Was ist mit meinen Beinen", fragte ich.

„Sie sind anders."

„Sind Fußballerbeine", sagte ich.

Anna konnte mit dieser Erkenntnis wenig anfangen, aber sie sollte nicht die letzte Frau sein, die über meine Beine stolperte, ohne dabei auf den Boden zu fallen.

Mit Carina schlich ich in einem trostlosen Touristenort auf Fuerteventura in ihr Hotelzimmer. Wir nestelten an unseren Kleidungsstücken herum, und als meine Hose nach einer halben Ewigkeit endlich auf dem Boden lag, richtete Carina ihren Blick skeptisch auf meine Hüften. Ich zog meinen Bauch ein, aber mein Bauch interessierte sie nicht. Sie senkte ihren Blick weiter hinunter bis zu meinen Füßen und geriet ins Grübeln. Sie wirkte wie eine Galeristin, die skeptisch das Werk eines jungen Künstlers prüft.

„Fußballerbeine", sagte sie, und es klang wie: „250, mehr gebe ich dir nicht dafür."

„Ja", sagte ich.

„Egal", sagte sie. Dann machte sie das Licht aus und ging ins Bett. Ich legte mich zu ihr, aber meine Beine bekam sie nur noch am nächsten Morgen und zwar von hinten zu sehen.

Aus den Mädchen wurden Frauen, und nach Carina lernte ich Alexandra kennen. Sie hatte die Angewohnheit, mir immer von ihren Exfreunden vorzuschwärmen. Ihre nostalgischen Bemerkungen klangen wie Erinnerungen an Fußballspiele aus den siebziger Jahren:

„Bei Frank war es immer der Wahnsinn, wenn er mich mit seinen feinen Fingern streichelte. Oder Paul, der hatte Augen so blau wie die Tiefsee. Wenn der mich ansah, bin ich manchmal fast in Ohnmacht gefallen."

Irgendwann platzte mir der Kragen, und ich fuhr sie an:

„Sag mal, warum liebst du eigentlich mich?"

Sie zuckte mit den Schultern, ihr fiel nicht viel dazu ein:

„Du hast schöne Beine…"

„Fußballerbeine", vollendete ich.

Sie nickte, seufzte und sagte:

„Aber es geht doch um Erotik. Mit Beinen kann man doch nichts anfangen."

Man konnte sehr wohl, denn kurz danach lief ich Alexandra weg und landete in den Armen von Jasmin.

Bei Jasmin konnte ich keine besondere Reaktion erkennen, wenn sie meine Beine sah. Wir hatten ganz andere Probleme, denn auf der Agenda unserer Beziehung stand fast jeden Tag ein kleiner oder großer Streit. Die Anlässe für unsere Auseinandersetzungen waren dabei so vielfältig wie das Teilnehmerfeld einer Fußballweltmeisterschaft. Es ging um die Art, wie man Frühstückseier öffnet, um den richtigen Weg, eine Badewanne zu reinigen, um die Länge von Telefongesprächen oder auch um die Bedeutung von Ausdrücken wie „bis später", „wir sehen uns" oder „vielleicht". Meine Freunde meinten, dass wir gerade deshalb eine ganz normale Beziehung führen würden, und tatsächlich ging es mit Jasmin auch eine ganze Weile gut. Erst lagen wir uns in den Haaren, und dann lagen wir uns in den Armen.

Sorgen bereitete mir nur die Tatsache, dass sich Jasmins Wut von Streit zu Streit steigerte. Sie war wie kochendes Wasser, das von Tag zu Tag stärker blubberte.

Eines Abends lagen wir im Bett, und sie fragte mich, ob ich morgen mit zu ihren Eltern kommen wolle.

„Vielleicht", sagte ich.

„Vielleicht", fauchte sie. „Ich kann es nicht mehr hören. Nie willst du dich festlegen, immer willst du dir alles offen halten."

„Jasmin", sagte ich mit besonders sanfter Stimme in der Hoffnung, ich könnte die Lage mit meiner ganz persönlichen Deeskalationstaktik in den Griff bekommen. Doch im nächsten Moment landete ihre Hand mit Wucht in meinem Gesicht, und ihre Beine trafen mich dort, wo mich ein Ball nicht treffen konnte, wenn ich in einer Freistoßmauer stand. Unter ziemlich unangenehmen Schmerzen fiel ich aus dem Bett.

„Jasmin", krächzte ich, doch sie kannte nun kein Halten mehr. Der Kerzenleuchter vom Nachttisch flog knapp neben mir vorbei und mit einem Donnern an die Wand. Durch weitere Wurfgegenstände gelang es ihr, mich bis an die Wohnungstür zu drängen.

„Raus. Mach, dass du raus kommst", brüllte sie.

„Meine Sachen", war das Einzige, was mir in diesem Augenblick über die Lippen kam, doch da war es schon zu spät. Es machte Rumms, und wie ein Auswechselspieler, der sich sehr lange vergeblich warmgelaufen hat, stand ich nun in ihrem Treppenhaus. „Es ist besser, wenn wir uns nie wieder sehen", hörte ich noch und wunderte mich, dass wir ausnahmsweise mal einer Meinung waren. Leider konnte ich ihr das nicht mitteilen, denn ich sah sie nur noch einmal ganz kurz, als sie meine Hose in einer affenartigen Geschwindigkeit ins Treppenhaus hinausschleuderte. Meine Versuche, weitere Kleidungsstücke von mir zurückzubekommen, waren nicht von Erfolg gekrönt.

Ich ging auf die Straße. Es war ja nur ein Kilometer, den ich barfuß bis zu meiner Wohnung zurücklegen musste, also setzte ich mich in Bewegung und lief los. Ich war nicht mehr der Schnellste, aber den Scherben auf der Straße wich ich problemlos aus, Hundehaufen ließ ich mit einer Körpertäuschung stehen und Passanten mit kurzen Haken ins Leere laufen. Ich hatte nicht mehr viel, aber immer noch meine Beine. Und mit diesen Beinen konnte ich sogar ohne Ball ganz passabel Fußball spielen.

Carsten Schmidt

Niemals aufs Altenteil

Du hast jeden von uns begleitet, seit er das allererste Mal den Tivoli betrat. Jedes Spiel war auch irgendwie dein Spiel. Ohne dich durfte es nie losgehen. Nicht die erste und auch nicht die zweite Halbzeit.

Und lief der Ball, haben wir grundsätzlich mit Bangen auf dich geschaut. Wenn du nicht schnell genug warst, warst du uns zu langsam. Du hast uns Nerven gekostet und hast Hoffnungen im Staub des Strafraums begraben.

Recht konntest du es uns selten machen. Dennoch gehörst du dazu. Irgendwann hat man deinen Namen geändert. Von Schneider zu Kassen-Müller. Dann zu Reifen-Jungschläger. Egal. Denn du bist immer ein Stück Tivoli geblieben. Und jetzt haben wir Angst um dich. Eine neue Generation deiner Gattung hat auch bei uns Einzug gehalten. Sie mag präzisere Arbeit abliefern. Sie ist auch bunter und hübscher. Und sie kann viele lustige Sachen. Doch sie hat nichts von deinem nostalgisch zurückhaltenden Charme des Unvollkommenen.

Liebe Stadionuhr. Wir hoffen, dass dir ein unwürdiges Altenteil auf dem Schrottplatz der Moderne erspart bleibt. Wir hoffen, dass du auch morgen noch die mehr oder weniger genaue Anstoßzeit nennen darfst. Wenigstens ein bisschen.

Herausgeber und Autoren

Sascha Theisen

Sascha Theisen ist 1970 in Freiberg geboren und wuchs in Düren auf. Beides hat er erstaunlich gut weggesteckt. Da er sowieso schon so ziemlich alles über Fußball wusste, entschied er sich, nach dem Abitur etwas anderes zu studieren, und wählte Politik. Er tat das in Aachen und nicht anderswo, weil er auf Alemannia steht. Mittlerweile ist Sascha Theisen PR-Fuzzi. Weil er das manchmal bereut, entschied er sich, etwas Vernünftiges zu tun, und erfand TORWORT. Bis die Millionen für TORWORT rollen, bleibt Sascha Theisen PR-Fuzzi, denn er freut sich mächtig, wenn seine Söhne Carl und Jan satt sind.

Peter Balzli

Peter Balzli, geboren am 26.12.1964 in Bern, war der wohl erste und letzte Schweizer, der in der DDR Ökonomie studierte. 1989/90 war das. Balzli ist überzeugt, dass die deutschen Historiker seine Rolle beim Mauerfall systematisch totschweigen. Später wurde er Journalist, dann Sportjournalist und dann Delegierter des Internationalen Roten Kreuzes in Sri Lanka, wo er unter anderem für den Transport von Leichen verantwortlich war. Nach fünf Jahren in Paris als Korrespondent des Schweizer Fernsehens wechselte er 2007 in gleicher Funktion unter dem Ärmelkanal hindurch nach London. Dort ist zwar das Essen schlechter, aber der Fußball schneller. Balzli ist im Nebenamt Großbritannien-Korrespondent des Schweizer Fußballmagazins *Zwölf*.

Stefan Barta

Stefan Barta ist verheiratet, hat zwei Kinder und wohnt mit seiner durch und durch königsblauen Familie in Hamm. Aufgewachsen ist der 63er Jahrgang mitten im Ruhrgebiet, gelebt und studiert hat er in Bielefeld und Berlin. Gearbeitet hat Stefan Barta unter anderem in Griechenland, der Schweiz und in Spanien. Trotzdem hat er seine Schalker nie aus den Augen verloren. Spannend und mit viel Humor hat er daher seine königsblaue Vergangenheit in seinem Erstling *Für immer Blau-weiß* mit großem Erfolg für die Nachwelt dokumentiert. Heute arbeitet der gelernte Dekorateur, ehemalige Animateur und Bar-Chef hauptberuflich als Veranstaltungsorganisator, doch das Schreiben ist, neben dem Fußball und Südamerika, seine große Leidenschaft. Sein zweites Werk, *Mein Parkstadion*, das im August 2009 erschien, veranschaulicht dies erneut auf beeindruckende Weise.

Fritz Eckenga

Fritz Eckenga ist viel unterwegs. Wenn nicht, bewohnt er einen blickdichten Teil der Stadt Dortmund. Dort bemüht er sich, das aggressive Wachstum seines Liebstöckelbusches zu begrenzen. Ausgleich zu dieser harten körperlichen Arbeit findet er abwechselnd in seinen Kochtöpfen und auf der Westtribüne des Signal Iduna Parks. Eckenga schreibt und spielt. Was, wo und wann kann man im Internet unter www.eckenga.de nachlesen.

Ismael Fischmord

Ismael Fischmord, geboren in München, arbeitet und lebt in Köln. Hier gilt er als „Konsalik der Kölner Kleinkunst“ und veröffentlicht unermüdlich Bücher. Mit mehr als 200 Auftritten in ganz Deutschland hat Fischmord sich bereits einen Kreis begeisterter Zuhörer erlesen. Er schreibt für Internetmagazine, für den WDR und war für ein Fußballmagazin sogar schon Auslandsreporter in Österreich – allerdings, als die WM in Deutschland war.

Axel Formeseyn

Axel Formeseyn ist nicht nur Fußballautor, sondern auch zweifacher Familienvater, Lehrer und 37 Jahre alt. Er schreibt nicht nur für Fußballhefte wie *11Freunde*, die HSV-*Supporters News* und das HSV-Stadionmagazin *HSV Live*, sondern hat auch schon zwei Bücher veröffentlicht: Im Jahr 2005 kam der Fanroman *Voll die Latte*, 2008 dann der 3-Kilo-Schinken *Unser HSV*, eine der umfangreichsten HSV-Bundesliga-Chroniken überhaupt, auf den Markt.

Clemens Herbstmeister

Clemens Herbstmeister, geb. 1982 in Dubrovnik, wächst als Akademikerkind mit Migrationshintergrund am linken Niederrhein auf. Als Sohn des Paukisten Zretko Boskovic und der Meeresbiologin Helene Herbstmeister-Boskovic spürt er schnell die Nähe zum Melting-Pot Bökelberg und beginnt mit ersten lyrischen Miniaturen. 1998 wird Herbstmeister in einer beispiellosen sozialromantischen Geste von einer bekannten TV-Moderatorin adoptiert. Herbstmeister hat soeben seinen Roman *Rakitics Reise in die Innere Enge* veröffentlicht, der in der Schweiz als „Deutschlands Rache für Heidi“ rezipiert wird. Mit den Boateng-Brüdern ist Herbstmeister weder verwandt noch verschwägert.

Gerhard Horriar

Gerhard Horriar wurde um 1962 in Eschweiler in einem Weidenkorb gefunden. Die rechte Unterweisung ins Leben erhielt er in der Grundschule von Frl. Pauli, später von franziskanischen Minderbrüdern sowie diversen Dozenten der Rechtswissenschaft, der

Germani- und der Anglistik, wofür er dankbar genug sein kann. Seit dem letzten Jahrtausend verdient er seine Blumentöpfe als Lehrer. In seiner Freizeit feilt er an seinen Texten. Sie sind mittlerweile mit bloßem Auge kaum noch erkennbar. Er hat Hobbys. Am Tag, als die Mauer fiel, war er zu Hause. Abends sitzt er oft allein vor dem gedeckten Fernseher und ist sehr traurig. Horriar ist unabhängig, gutaussehend, kontaktfreudig, tolerant und hat keine finanziellen Interessen. Jede ernstgemeinte Zuschrift wird garantiert beantwortet.

Arne Jens

Arne Jens studierte ziemlich lange und bis zu einem Abschluss namens Magister in Köln. Machte dann „was" mit Medien und ist jetzt erst mal in der Werbung gelandet. Bekam immer wieder englische Berufsbezeichnungen verliehen, während die deutsche Sprache im Mittelpunkt seiner Arbeit stand. 2004 gründete er das Online-Magazin *footage*, für das er bis heute oft über Fußball und selten über Popkultur schreibt. *footage* freundete sich mit TORWORT an und deshalb sind Jens'sche Kurzgeschichten entstanden, die teilweise ganz leicht autobiografisch geprägt sind.

Jens Kirschneck

Jens Kirschneck, geboren 1966 in Minden, wohnt heute in Berlin und arbeitet dort als Redakteur des Fußballmagazins *11Freunde*. Journalist seit den frühen Neunzigern, zuerst bei der Wochenzeitung *Bielefelder StadtBlatt*, später als freier Autor u. a. für die *Süddeutsche Zeitung* und die *Frankfurter Rundschau*. 2006 erschien seine Storysammlung *Tragik im Alltag*. Kirschneck geht regelmäßig mit der *11Freunde*-Lesereise auf Tour, liest aber auch sonst viel und gerne öffentlich vor.

Philipp Köster

Philipp Köster ist Chefredakteur des Fußballmagazins *11Freunde.* Im Kindesalter Anhänger des VfB Stuttgart und Träger des offiziellen Karlheinz-Förster-Mittelscheitels, später populistisches Umschwenken auf den Heimatverein Arminia Bielefeld. Lehnte im Alter von zwölf Jahren auf einer sogenannten „Klassenfete" einen sogenannten „Klammerblues" mit einer jungen Dame ab, um beim Vater der Gastgeberin die Bundesliga-Ergebnisse im Videotext anzuschauen. Ist sich noch heute sicher, die richtige Entscheidung getroffen zu haben.

Frederic Latz

Frederic Latz ist 1977 in Düren geboren und in Stockheim aufgewachsen. Nach zehn Jahren Studentenbude in Köln und zwischenzeitlichen zwölf Monaten Rock'n'Roll in London, wohnt er nun großzügiger und nicht weit entfernt von seinem Arbeitsplatz im Kölner Grüngürtel. Seit seinem vierten Lebensjahr besucht er so viele Heim- und auch Auswärtsspiele des 1. FC Köln wie nur möglich. Frei nach Nick Hornby – „einen Verein sucht man sich nicht aus, er wird dir gegeben" – liegt Frederics Fußballleidenschaft im guten Einfluss seines Vaters begründet. Heute ist Frederic Latz Redaktionsleiter des *GeißbockEchos* und „muss" nun sogar von Berufs wegen die Spiele des FC verfolgen und darüber schreiben. Seine zweite große Passion ist die Musik und natürlich die Teilnahme an TORWORT-Lesungen.

Ben Redelings

Ben Redelings ist „Mister Ruhrgebietsfußball" (*WAZ*), der „Sympathien abstaubt wie weiland Rudi Völler wichtige Treffer" (*Ruhr Nachrichten*), und nach Meinung der *Jungen Welt* gar „um Längen besser als Nick Hornby". Redelings, geboren 1975, lebt in Bochum als freier Autor und Filmemacher. Er studierte Deutsch, Sozialwissenschaften und Niederländisch in Bochum und Amsterdam auf Lehramt. Nach dem ersten Staatsexamen siegte jedoch die Liebe zum runden Leder. Seine kulturellen Fußballabende SCUDETTO genießen mittlerweile Kultstatus. Der „Fußballkulturschaffende in Vollzeit" (1 LIVE) hat in den letzten Jahren zahlreiche Bücher und Filme veröffentlicht. Sein Buch *Fußball ist nicht das Wichtigste im Leben – es ist das Einzige* wurde für das „Fußballbuch des Jahres 2009" der Deutschen Akademie für Fußballkultur vorgeschlagen. Das Magazin *11Freunde* urteilte euphorisch: „Reviercharme trifft Kickeralltag – herrlich!" In seinem aktuellen Buch *Dem Fußball sein Zuhause* erklärt Redelings, warum er seine Heimat gegen nichts auf der Welt eintauschen würde.

Stefan Reusch

Stefan Reusch lebt seit 1989 in Köln. Er arbeitet für Hörfunk und TV, für Kleinkunst- und Theaterbühne, für sich und andere. Er ist Fan des FC Schalke 04, wofür er allerdings nicht viel kann. Als ständiger Überraschungsgast belebt er in regelmäßigen Abständen TORWORT-Lesungen und ist sich auch nicht zu schade, regelmäßig in den Slums von Düren zu lesen, was ihm dort zu ungeahnter Popularität verhalf. Letztlich rettet Reusch gut und gern die Welt.

Carsten Schmidt

Carsten Schmidt ist Gründer, Mitherausgeber und Redakteur von *In der Pratsch*, dem unabhängigen Magazin für abhängige Alemannen, das gerade zum Fanzine des Jahres gewählt wurde. Die beste Fußballmannschaft aller Zeiten ist für Carsten Schmidt die Elf der Alemannia aus dem Jahr 1998/99, mit der aus seiner Sicht nur noch Ajax Amsterdam Mitte der Neunziger mithalten kann. Als Fußballer kam er selbst nie über die Kreisklasse hinaus, passiv ist er allerdings auf internationalem Parkett zu Hause. Als Anhänger des englischen Fußballs genießt er „Britannia, Britannia rule the waves“ aus 25.000 durstigen Kehlen, denn ihm sind seit Kindesbeinen an drei Löwen tausendmal lieber als ein Adler.

Daniela Schulz

Daniela Schulz, 1977 in Trier geboren, ist freie Fernsehredakteurin. Nach ihrem Magisterabschluss in Germanistik, Politikwissenschaft sowie Theater-, Film- und Fernsehwissenschaft an der Uni Köln besuchte sie zwei Jahre lang die RTL-Journalistenschule. Seitdem arbeitet sie für verschiedene Nachrichtensendungen bei RTL und beim WDR. Bodo, Litti & Icke entfachten mit dem WM-Gewinn 1990 ihre Leidenschaft für den 1. FC Köln. 1994 gründete sie mit Freundinnen den Frauen-Fanklub „Always Ultras Cologne“. 2000 erschien ihr erstes Buch *FC-Fans: Rückkehr aus Cottbus*, 2004 ihr Fußballroman *Kurvengänge.*

Danksagung

Dieses Buch wäre niemals fertiggestellt worden ohne die Hilfe einiger Leute, die im Grunde genauso fußballverstrahlt sind wie ich.

Ohne Michael Daun und Peter Schmitz aka DJ Schnuphase würde es TORWORT sowieso nicht geben und der ganze Spaß, den wir dabei haben, wäre nicht mehr als Quark im Schaufenster. Vielen Dank, Jungs – ich hoffe, wir machen das noch ein bisschen.

Außerdem geht der Dank an die Autoren dieses Buches. Ähnlich wie die Lesungen selbst lebt auch dieses Buch von der Vielfalt dessen, was der Fußball mit und aus uns macht. In Zeiten, in denen in vielen Arenen Plastiksitzschalen auf uns warten und in der Halbzeit irgendwelche Vereinsmaskottchen den „Fan des Tages" küren, ist es wichtig, dass es nach wie vor Menschen gibt, die sich die Leidenschaft für das Spiel bewahrt haben und sich auch nicht scheuen, dies vor Publikum auszusprechen. Womit wir beim Publikum wären, das uns nun schon seit so langer Zeit die Treue hält. Ohne euch – ihr Bekloppten – gäbe es uns sowieso nicht. Danke für's Kommen!

Vielen Dank an dieser Stelle auch an den besten Grafikdesigner, den es gibt: Wolfram Esser! Das Buchcover ist mal wieder ganz großes Kino! Wir sehen uns am Tivoli! Junge, du hast es einfach drauf! Genau wie Carl Brunn, der das atemberaubende Titelfoto spendiert hat und für uns einfach der beste Fußballfotograf aller Zeiten ist.

Der Verlag Die Werkstatt verlegt dieses Buch, was an sich schon einmal eine große Leistung ist – denn auch wenn wir glauben, dass das Ding grandios ist, muss eben auch immer jemand das Teil dann drucken und davon überzeugt sein. Dafür vielen Dank.

Wir werden alles geben, dass unser gemeinsames Projekt erfolgreich wird.

Und zuletzt bedanke ich mich bei Eveline, Carl und Jan, die mich einfach machen lassen und dafür viel zu oft auf mich verzichten müssen. Ihr seid sowieso die Besten, und ich liebe euch!

Sascha Theisen